Die tote Schattenfrau . . .

Ein weiterer, mystischer Kriminalroman von

Roman Schmidt

Die vorliegende Geschichte ist frei erfunden.
Jegliche Ähnlichkeit mit lebenden oder toten Personen
ist nicht von mir gewollt und wäre demzufolge rein
zufällig.

Roman Schmidt
2019

Alles, was wir glauben, mit unseren Sinnen, vornehmlich visuell und akustisch wahrgenommen zu haben, sind lediglich bioelektrische Impulse …

Ergebnisse der individuellen, augenblicklichen Interpretation des Betrachters.

Es gibt so viele Beispiele von Sinnestäuschungen, da muss man sich wirklich mehrfach selber fragen, ob es sich um Realität oder Einbildung handelt (und gehandelt hatte!)

Wenn man im Nachhinein, im Vollbesitz aller geistigen Fähigkeiten und in Erwartung der gleichen Dinge mit einigen Erlebnissen aus der Vergangenheit noch einmal konfrontiert würde, könnten womöglich die neuen Eindrücke ganz anders aufgenommen, völlig anders bewertet und tatsächlich auch gesehen werden.

Wie also sind Zeugenaussagen zu bewerten?

Aussagen, die unter Stress völlig unerwartet zustande kamen?

Von welchem Zeitpunkt an wurde man aufmerksam und hat eine Beobachtung gemacht?

Dabei fällt oft der Begriff des sogenannten „Knallzeugen".

Das sind Menschen, die vermeintlich meinen, etwas gesehen zu haben, aber erst nach einem Geräusch oder einer Bewegung näher hingeschaut haben. (Was passierte davor?)

Man sieht schon alleine an diesen einfachen Fragen, dass es nicht so einfach ist, den wirklichen Hergang eines Unfalls oder einer Tat gewissenhaft zu rekonstruieren.

Ein schwieriges Unterfangen für Polizei und Justiz.

Roman Schmidt

Vorwort

Keiner weiß, was nach dem Tod von uns zurück bleibt.
Haben wir dann noch die Möglichkeit, auf das Leben unserer
Liebsten Einfluß zu nehmen? Sie zu beschützen, zu warnen?
Man sagt immer tot ist tot! Man lebt nur einmal! Aus, vorbei!
Stimmt das so? Was ist mit unserer Seele, die angeblich
unsterblich sein soll? Außerdem gibt es diese Vorahnungen und
Hinweise, die wir Lebenden manchmal zwar befolgen, aber
immer der Meinung sind, dass es unsere eigenen Gedanken
gewesen wären.
Wenn das aber nun nicht zutrifft, was dann?
Woher kamen dann die Warnungen?
Naturvölker verehren ihre Ahnen, manche suchen mit Hilfe
von spirituellen Riten, ggf. sogar mit Drogen den Kontakt zu
ihnen wieder herzustellen, holen sich von ihnen Ratschläge,
kommunizieren. Die alten Germanen, die Wikinger, Indianer,
die Ureinwohner des „neuen" Kontinentes, Aborigines und
einige afrikanische Stämme … alle sind davon überzeugt, dass
die Toten weiterhin um sie herum sind, an ihrem Leben
weiterhin teilnehmen. (Wenn auch unsichtbar)
Als ich vor vielen Jahren nachts etwas zu schnell auf einer
einsamen Landstraße unterwegs war, hatte ich plötzlich ein
unglaubliches Erlebnis!
Mit meinem kleinen, zweisitzigen Sportwagen fuhr ich alleine
auf eine rechtwinklige Kurve zu, als mich im Auto eine Stimme
vom (nicht vorhandenen) Rücksitz eindringlich davor warnte,
so schnell in diese unübersichtliche Kurve fahren zu wollen.
Da ich alleine im Wagen saß und die Stimme trotzdem so
eindringlich vernahm, habe ich mich verständlicherweise so
stark erschrocken, dass ich eine Vollbremsung machte, der
Wagen schleuderte und ich konnte nicht vermeiden, auf meiner
Straßenseite im Graben zu landen.

Ich holte tief Luft, aber Zeit, darüber nachzudenken, hatte ich nicht. Es war einfach ein ängstlicher Reflex, der Schrecken über diese eindringliche Stimme gewesen. Ich reagierte, ohne nachzudenken. Gleichzeitig hörte ich quietschende Reifen und konnte gerade noch wahrnehmen, dass auf meiner Straßenseite ein Auto mit sehr hoher Geschwindigkeit und sehr nahe an mir vorbeiraste. Dieser verantwortungslose, junge Fahrer hatte ohne Einsicht vor der scharfen, rechtwinkligen Kurve aus der entgegengesetzten Richtung einen weiteren Wagen überholt. Ich konnte mir weder Fahrzeugtyp, noch die Farbe oder das Kennzeichen merken. Ich sah nur das erstaunte Gesicht des jungen Mannes, der an mir vorbeischoss.

Wäre ich normal weitergefahren, wir wären mit Sicherheit Lampe auf Lampe zusammengestoßen.

Ich weiß nur noch, dass der überholte Fahrer zu mir gerannt kam, da er dachte, ich wäre gerammt worden.

Leider war auch er so geschockt, dass wir beide nur froh waren, diese Situation überlebt zu haben.

Nicht auszudenken, was bei normaler Fahrweise passiert wäre.

Fakt ist, dass mir diese „Stimme" in meinem Wagen das Leben gerettet hatte.

Ich weiß noch nicht einmal, ob es Einbildung, Realität oder was auch immer war.

Aber ich wurde damals nachhaltig und eindringlich gewarnt und stand auch Tage danach immer noch unter dem Einfluß dieses Erlebnisses!!!

Das ist jetzt fast 50 Jahre her und es fühlt sich immer noch grauslich an.

R. Schmidt

Ein Traum zerbricht

Er hatte eine sehr glückliche Kindheit auf dem väterlichen Bauernhof in Meldorf verleben dürfen. Seine Eltern wohnten nun im Nebengebäude des Gutes und sein vier Jahre älterer Bruder und dessen Frau verwalteten das 20 ha große Areal.

Er war vor zehn Jahren nach Cuxhaven zu seiner Freundin in die Stadt gezogen, hatte sie geheiratet und lebte mit ihr in einer netten Eigentumswohnung im Zentrum. Während sie in einem großen Konzern in Bremerhaven arbeitete, durfte er eine kleine Buchhandlung mit Antiquitäten sein eigen nennen.

Alles schien perfekt … doch dann kam dieser 8. August, der Tag, der sein Leben sehr verändern sollte und bis heute einen radikalen Einschnitt mit sich brachte.

Seine geliebte Partnerin war tödlich verunglückt. Er verspürte ab diesem Ereignis keinerlei Gefühle mehr, seine Träume waren dahin, der schwindende Lebensmut und ein Zweifel am Sinn des Lebens hatten ihn erfasst und schnürten ihn ein.

Lustlos vegetierte er so in den Tag, die Monate und schließlich auch Jahre. Selbst ihr kleines, reetgedecktes Ferienhaus, das sie sich gemeinsam eingerichtet hatten und in dem sie mindestens einmal vierteljährlich ein paar Wochen verbrachten, reize ihn nicht mehr. Es lag zwischen Marienkoog und Emmelsbüll im Naturschutzgebiet und war die ehemalige Beobachtungsstation des Nationalparks gewesen, bevor man in Dagebüll ein größeres Gebäude errichtete. Ein gemeinsamer Freund hatte dafür gesorgt, dass sie den Zuschlag bekamen, denn auch er wollte nicht, dass man die alte Kate dem Verfall überließ. Natürlich waren die Aufenthalte in dieser Einsamkeit nur unter großen Einschränkungen möglich gewesen, Vermietungen oder weitere Besucher unerwünscht, aber sie brauchten diese Ruhe und Entspannung, auch wenn sie nicht im Meer baden durften.

Aber dieser verfluchte Tag im Hochsommer hatte sich für immer in sein Hirn gebrannt. Die Nachricht kam ihm damals so vor, als wäre ein Panzer durch seinen Kopf gefahren und hätte dabei sämtliche Gedanken, Hoffnungen und Sehnsüchte mit seinen Stahlketten zermalen und seine Zukunft für immer zunichte gemacht … „Wie bitte? Meine Frau? Unmöglich!!"
Johann Steffen wusste noch den genauen Wortlaut, den ihm die Polizeibeamten gesagt hatten, als sie am späten Nachmittag vor seinem Haus standen und ihn behutsam in die Wohnung baten. Die weiteren Ereignisse flossen an ihm vorbei. Apathisch funktionierte er nur noch und brachte die notwendigen Dinge, die danach zu regeln waren, irgendwie hinter sich. Das Leichenschauhaus in der Gerichtsmedizin, die Befragungen der Beamten, das alles zog an ihm vorbei als wäre er leicht betrunken … vielleicht lag es an den Tabletten, die ihm sein Hausarzt dringend angeraten hatte …
Er erinnerte sich noch gut an die fürsorgliche Hilfe seiner Familie, bei der er für vier Wochen nach ihrem Tod auf dem Bauernhof gelebt hatte, weil er die Einsamkeit nicht ertrug …
Die polizeilichen Untersuchungen waren dann irgendwann abgeschlossen, die Leiche freigegeben und er musste lernen zu akzeptieren, dass sie bei einem Verkehrsunfall gestorben war, einfach so. Er hatte in seiner Trauer nicht die Kraft, intensiver nach den Umständen zu fragen, nach dem Unfallhergang …
Sie schien an dieser schicksalhaften Situation nicht schuld gewesen zu sein, denn es kamen keinerlei Forderungen von irgendeiner Seite auf ihn zu. Er wunderte sich lediglich, dass damals die Mordkommission eingeschaltet worden war, er sogar Unterlagen eines Abschlussberichtes erhalten hatte …
Aber was änderte das an seiner Situation, jetzt ohne Partner weiterleben zu müssen. Tage, Monate, Jahre vergingen …
Es gelang ihm mehr schlecht als recht und es verging kein Abend, keine Nacht, ohne an sie zu denken.

Besuch aus dem Jenseits…

Was war das für ein seltsames Geräusch? Ein leises Stöhnen oder Flüstern riss ihn aus seinem Traum. Verschlafen versuchte er den Grund dafür zu finden, setzte sich im Bett auf und horchte angestrengt in die Nacht. Ein leichter Wind blähte die Gardine vom offenen Fenster in den Raum und verfing sich an dem kleinen Nachttisch, auf dem ein paar Erinnerungsfotos standen. Als dann die nächtlichen Wolken das helle Mondlicht freigaben, formte sich aus dem flimmernden Staub im Zimmer eine schemenhafte Gestalt, die zu schweben schien.

„Johann, du bist in Gefahr, ich muss dich warnen!" vernahm er die leise, vertraute Stimme seiner Frau und wie vom Blitz getroffen, war er sofort hellwach.

„Was … wie bist du hier reingekommen? Was machst du hier?" Er schaute unsicher das nebelhafte Wesen an, das jetzt näher auf ihn zukam. Es schien ihn aus den dunklen Augenhöhlen zu fixieren. Seltsamerweise empfand er keine Angst, denn da war ja diese, ihm immer noch so vertraute Stimme.

Er lebte schon seit Jahren hier allein, da sie frühzeitig von ihm gegangen war, unfreiwillig! Ein grausamer Unfall hatte sie aus dem Leben gerissen und hilflos musste er nun akzeptieren, dass er alleine war. Er dachte oft an diesen Schicksalsschlag, doch nun würde er eines anderen belehrt und das könnte ihn völlig aus der Bahn werfen.

„Vergessen? Ich wohne auch hier!" hauchte die Stimme.

Die weiße Gestalt schwebte zwei Meter von ihm entfernt an der Wand. Er rieb seine Augen, öffnete sie wieder und dachte an einen, dieser wilden Träume, die ihn seit einiger Zeit des nächtens heimsuchten. Als er vorsichtig wieder zum Fenster blinzelte, sah er immer noch die gesichtslose Gestalt, die sich nicht bewegte. Vorsichtig wagte er zu fragen: „Ich … ich dachte, du seist bei diesem Unfall ums Leben gekommen…"

Ein Ruck schien durch die nächtliche Erscheinung zu gehen, dann schwebte sie geräuschlos auf ihn zu. „Ein Unfall? Das denkst du wirklich noch?" „Ja, natürlich, das haben damals alle gesagt! Und der Unfallarzt hatte es doch auch bestätigt!"

Die Gestalt, einem dichten Nebel gleich, war jetzt ganz dicht vor seinem Gesicht und mit ihr streifte ihn ein eiskalter Hauch. „Es war Mord! Ein grausamer dazu! Erinnerst du dich nicht mehr an deinen letzten Besuch in der Klinik? Dir mache ich dabei keinen Vorwurf, denn die Pfleger hatten mich gut geschminkt und für deinen Besuch vorher „präpariert".

Joachim saß immer noch und schaute irritiert, als sich der Schleier lichtete und ihr geschundener Körper sichtbar wurde. Wie ein Blitz durchzuckte es ihn, denn es war jetzt sogar noch schmerzlicher für ihn, zu sehen was man ihr angetan hatte. „Unfall! Pah! Sieht denn wirklich keiner diese Stichwunden?" Knochige Finger deuteten auf drei verschiedene Stellen des verschwommenen Körpers: „ …hier und da! Die hat der Unfallarzt entweder übersehen oder er hat mich zu flüchtig untersucht! Das sollen normale Unfallspuren sein?"

Realisierte er wirklich, dass er mit einer Toten kommunizierte? Oder hatte er einen Traum und sich im Halbschlaf auf diesen unsinnigen Dialog eingelassen. „Das ist jetzt drei Jahre her!" rief er entsetzt. Daraufhin wich das helle Wesen enttäuscht zum Fenster: „Früher warst du hartnäckiger! Mord verjährt nicht! Ich will meine Ruhe haben und meinen Frieden! Aber so geht das nicht! Ich wollte mich nicht in dein neues Leben einmischen, aber jetzt muss ich dich warnen, denn er hat ein weiteres Mal zugeschlagen. Kannst du damit leben? Solltest du dich besinnen und Hilfe brauchen, dann werde ich da sein! Denk intensiv an mich, ich werde das spüren und zu dir kommen!" Sie glitt durch die Außenwand als wäre sie porös. Eine Nebelwolke stand noch eine Zeitlang in der Ecke, bis auch die sich auflöste . . . dann war er wieder alleine.

Der nächtliche Spuk hatte ein Ende und schlagartig wurde der Raum merklich wärmer. Jetzt verspürte er eine undefinierbare Unruhe und stolperte ins Bad. Irritiert musterte er ausgiebig sein müdes Gesicht. Tiefe, dunkle Furchen hatten sich wie Schatten unter seine Augen gelegt. Alt war er geworden, stellte er fest und ließ seine zusammengelegten Hände, einer Schüssel gleich, voll Wasser laufen. Dann tauchte er sein Gesicht hinein. Ohne sich abzutrocknen ging er zur Tür, löschte das Licht und kroch zurück tief in seine Laken.

An Schlaf war jedoch nicht mehr zu denken, denn er grübelte noch lange nach, über das eben Geschehene oder besser gesagt, schrecklich und unnatürlich Erlebte …

Er war mehr denn je fest entschlossen, die Kriminalpolizei noch einmal aufzusuchen. Natürlich müsste er einen triftigen Grund haben, denn diese Geschichte würde ihn nur lächerlich machen. Im schlimmsten Fall würden die Beamten seine Schilderung als unglaubwürdige Spinnerei abtun, als eine von ihm immer noch nicht akzeptierte Ignoranz der Tatsache gegenüber, dass seine Ehefrau tödlich verunglückt war.

Ein Fremdverschulden war angeblich ausgeschlossen!

So hatte man es ihm mitgeteilt. Wenn es Unstimmigkeiten gegeben hätte, so wäre es schwer nachvollziehbar, warum sie dann nicht näher untersucht wurden . . . von einer Obduktion wollte er nicht sprechen, aber diese Traumgestalt hatte ihm Wunden gezeigt und die wurden übersehen?

Ihn hatte schon damals der Fundort irritiert, aber in seiner verzweifelten Lage war er nicht imstande gewesen, die entscheidenden Fragen zu stellen. Fahrlässige Tötung? Mord? Sollte das womöglich tatsächlich zutreffen? Hatte man ihm etwa Details verschwiegen, vielleicht sogar gefälscht, um weitere Untersuchungen und Nachforschungen nicht anstellen zu müssen? Das wäre allerdings eine Riesenschweinerei! Der nächtliche Besuch der unwirklichen Gestalt hatte ihn verwirrt.

Er musste der Sache einfach auf den Grund gehen.

„Steffen mein Name. Ist Kommissar Breitner zu sprechen?" Johann hatte am nächsten Morgen direkt um 9.00h die Nummer der Kriminalpolizei gewählt, die er in den damaligen Unterlagen gefunden hatte. „Wer, sagten Sie, ist da bitte? Und woher haben Sie diese Durchwahl?" Steffen wollte gerade erklären, dass er noch ein paar Fragen bezüglich des Unfalls seiner Frau hätte, als ihn ein leises Klicken in der Leitung hellhörig werden ließ. Man hatte zweifellos einen Lautsprecher oder ein Tonband eingeschaltet. Der Beamte räusperte sich ein wenig zu spät, sonst wäre ihm sicher dieses Geräusch entgangen. „Kollege Breitner ist im Ruhestand, aber schon seit einem Jahr. Hatten Sie mit ihm dienstlich zu tun, Herr … ähh?" Johann überlegte kurz, dienstlich ja, das könnte man so sagen, dachte er und bereute schon, überhaupt angerufen zu haben. Auch wenn das jetzt unfreundlich war, legte er sofort den Hörer auf die Gabel, ohne auf die gestellte Frage zu antworten. Er musste die Sache ganz anders angehen.

Als er das Frühstück aus dem Kühlschrank vor sich aufgebaut hatte und gerade den heißen Kaffee in seinen Becher goss, klingelte sein Telefon. Er stand auf und nahm den Hörer ab: „Ja, bitte?" Seine Angewohnheit war es, sich nie mit Namen zu melden. „Herr Steffen? Johann Steffen?"

„Ja … wer ist denn da?" Eine männliche Stimme war in der Leitung: „Breitner! Meine früheren Arbeitskollegen haben mich angerufen und aus Sicherheitsgründen gehen wir jedem Telefonat nach, auch wenn es plötzlich unterbrochen wurde." Steffen nahm das schnurlose Telefon und ging in die Küche. „Ich habe nur meinen Namen genannt. Wie kommen Sie an meine Telefonnummer? Die war doch unterdrückt?"

Der Beamte schien die Frage erwartet zu haben: „Ihr Anschluss wird bei normalen Teilnehmern nicht angezeigt, bei einem Anruf in der Dienststelle sehen wir sie, das ist ganz normal."

Jetzt musste er seine Frage stellen, denn sonst würde ihn die Polizei weiter belästigen. „Ich weiß nicht, ob Sie sich noch an mich erinnern können, aber vor einiger Zeit hatten Sie sich mit dem Unfalltod meiner Frau beschäftigen müssen!"

Der Kommissar a.D. Breitner hatte sich entweder schon vor dem Anruf gründlich informiert, oder er verfügte über ein ausgezeichnetes Gedächtnis. „Vor drei Jahren, zwei Monaten und vier Tagen, genauer gesagt." Steffen war erstaunt, denn so genau hatte er den Zeitraum nicht mehr im Kopf:

„Ich bin verblüfft! So genau wissen Sie das noch?"

„Ja natürlich, ich erinnere mich genau an den Fall, als wäre er gestern passiert."

„Warum sagen Sie – Fall-?"

Es dauerte einen Augenblick, bis sich der Beamte wieder meldete. Er atmete tief und schwer, bevor er weiterredete: „Es gab umfangreiche Recherchen damals … nun, wie soll ich das sagen? Also richtig zufrieden war ich mit dem schnellen Abschluss nicht gewesen, denn der damalige Staatsanwalt war nicht davon zu überzeugen, dass es einige Ungereimtheiten gab. Die Ärzte der Gerichtsmedizin waren sich nach der Untersuchung auch nicht eindeutig über die tatsächliche Todesursache Ihrer Frau im Klaren."

Er machte eine Pause und Steffen rang nach Luft. Der letzte Satz schnürte ihm die Kehle zu und er schüttete sich mit zitternder Hand ein Glas Sprudel ein, das er in kleinen Schlückchen leerte. Als er den Hörer wieder aufnahm, fuhr Breitner fort. Er hatte ihm diese Pause gegönnt. „Ich schlage vor, dass wir das Gespräch hier beenden, denn am Telefon bespricht man solche heiklen Sachen besser nicht! Wir müssen uns persönlich treffen. Kommen Sie zu mir nach Hause. Sie wissen, wo ich wohne?" Johann Steffen blätterte in den alten Unterlagen, doch von einer Adresse des leitenden Kommissars stand da nichts. „Tut mir leid, Ihre Adresse kenn ich nicht!"

Breitner erklärte ihm, wo er lebte und dass er um 20.ooh bei ihm sein möge. Nachdem Steffen aufgelegt hatte, schaute er sofort auf seine Armbanduhr. Noch zwei Stunden! Die angegebene Wohnung lag im östlichen Teil der Stadt. In unmittelbarer Nähe eines Hotels auf der Prager Straße. Mit dem Auto konnte er in einer halben Stunde da sein. Dann würde er sich mit dem Beamten austauschen können, vielleicht könnte er ihm sogar von seinem Traum erzählen . . . Steffen war eine viertel Stunde vor der angegebenen Zeit in der Straße, parkte den Wagen gut zweihundert Meter oberhalb am Straßenrand und ging den Rest zu Fuß. Als er kurz vor der angegebenen Adresse angekommen war, jagte ein schwarzes Motorrad mit sehr hoher Geschwindigkeit aus dieser Einfahrt an ihm vorbei. Er konnte nicht erkennen, ob es sich um eine Frau oder einen Mann handelte, denn er war erschrocken zur Seite gesprungen. Deshalb schaute er auch eher fassungslos hinter dem Zweirad her. Er hatte weder ein Rücklicht, noch ein Nummernschild erkennen können. Die schwarze Ledergestalt musste gestört worden sein, denn beim Nähertreten sah er, dass die Haustür weit offen stand. Mit unheilvollen Gedanken tastete er sich in den dunklen Flur. In dem Zweifamilienhaus schien der pensionierte Beamte alleine zu wohnen, denn es gab neben der einzigen Klingel auch nur einen Briefkasten. „Hallo?" rief er laut, mit der düsteren Vorahnung, dass sein Gastgeber entweder verletzt oder nicht im Haus anwesend war. Wieso stand die Haustür auf? Hatte er mich auf der Straße kommen gesehen? „Hallo, Herr Breitner!" Da sich niemand meldete und es ihm auch zu unsicher schien, weiter hinein zu gehen, drehte er sich um und nahm sein mobiles Telefon. Dann setzte er sich auf eine Mülltonne, die neben dem Blumenbeet stand und wählte die 110. „Notruf Polizei…" meldete sich eine ruhige, aber bestimmend klingende Stimme. Joachim schilderte worum es ging und bat darum, eine Streife hierher zu schicken.

„Nun mal langsam! Nennen Sie mir zuerst einmal Name und Adresse." Steffen bemühte sich, ruhig und sachlich zu bleiben. Er schilderte noch einmal die Sachlage und erklärte seine Angst. „Bleiben Sie, wo Sie sind! Wir schicken sofort einen Streifenwagen!" Steffen beendete das Gespräch und wartete. Hatte ihn der Beamte ernst genommen? Natürlich würde es auch Anrufe geben, die sich später als Scherz herausstellten, aber bei einem ehemaligen Kollegen sollten die Beamten doch wachsamer und hilfsbereiter sein.

Warum hatte ihn der pensionierte Beamte überhaupt zu sich nach Hause bestellt, wenn er jetzt nicht anwesend war?

Wieso war die Tür auf und was hatte der Motorradfahrer hier zu suchen? Fragen über Fragen.

Nach einer gefühlten Ewigkeit näherte sich ein Dienstfahrzeug der Polizei, ohne Blaulicht, ohne Martinshorn. Es kam langsam die Straße herunter und Steffen fragte sich, was in einem dringenden Fall in der Zwischenzeit schon alles hätte passieren können. Zwei ältere Beamte stiegen gemächlich aus, rückten ihre Mützen zurecht und kamen betont langsam auf ihn zu: „Steffen? Hatten Sie in der Zentrale angerufen? " Johann nickte und hielt ihnen seinen Ausweis entgegen, den sie lässig ignorierten. „Sie haben also angerufen!" Er drehte sich zu seinem Kollegen und flüsterte: „Schlimmer Notfall, meinst du nicht auch?" Dann schaute er Joachim an: „Worum geht's denn? Was ist denn so wichtig, dass Sie die Polizei brauchen?"

Steffen war fassungslos. Warum hatte er alle Fragen detailliert am Telefon beantworten müssen, wenn die beiden Beamten offenbar noch nicht einmal den Grund hierfür kannten?

„Ich war mit Herrn Breitner verabredet, aber da seine Haustür offen stand zog ich es vor, nicht alleine hinein zu gehen und besser die Polizei anzurufen. Das ist doch wirklich sehr merkwürdig, oder finden Sie das normal?"

Als der Beamter seine Worte lächelnd wiederholte, platzte ihm der Kragen: „Hören Sie! Ich bin ein ruhiger Mensch, aber wenn ich Sie so reden höre, dann habe ich den Eindruck, dass Sie mich für nicht zurechnungsfähig halten. Täuscht das?"
Der Beamte ignorierte die Frage, nahm Notizblock und Kuli, während sein Kollege gelangweilt die Straße herunter schaute. „Haben Sie getrunken? Alkohol, meine ich..." Joachim fühlte sich im falschen Film. Irritiert entgegnete er enttäuscht: „Was hat das mit der offenen Haustür zu tun? Warum fragen Sie das? Sie stellen mir seltsame Fragen, Herr . . . wie war Ihr Name?"
Der Polizist senkte den Schreibblock und schaute Steffen eindringlich an: „Wir stellen hier die Fragen! Haben Sie heute Abend Alkohol zu sich genommen?" Steffen atmete hörbar laut aus und schüttelte nur noch den Kopf, Resigniert gab er auf.
Er versprach sich nichts mehr von den Beamten, die wohl entweder widerwillig ihren Dienst versahen oder nicht gewillt waren, ihm zu helfen. Deshalb erwähnte er auch nicht das Motorrad, das ihm vorher aufgefallen war. „Nein!" antwortete er laut auf die gestellte Frage und verständlicher Weise auch genervt: „Ich bin schließlich mit meinem Wagen hier!" Der Polizist setzte den Stift ab und schaute zu seinem Kollegen: „Karl, sag's ihm, man kann ja nicht glauben, was wir so alles zu sehen bekommen und was man uns versucht, zu erzählen!"
Steffen schaute nur noch stur vor sich auf die Straße und hörte kaum noch hin, was die Uniformierten zu ihm sagten. Warum war er nur auf diese blöde Idee gekommen, sie anzurufen! Während der Beamte anscheinend endlos lange zu schreiben schien, machte er sich seine eigenen Gedanken. Wenn er nur wenigstens wüsste, wo sich der Pensionär jetzt befand. Hatte er die Verabredung vergessen? Wenn er im Haus gewesen wäre, so würde er doch mit Sicherheit schon lange aufmerksam geworden, zu ihnen hier herunter gekommen sein! Oder wie sollte er das alles verstehen?

Steffen startete einen letzten Versuch: „Wollen Sie denn nicht wenigstens einen Blick ins Haus werfen? Schließlich war die Tür weit auf, als ich hierher kam."

Der Beamte schaute sich lange und akribisch den Türrahmen und das Schloss an: „Da, sehen Sie selbst! Aufgebrochen hat man die Tür nicht! Folglich wurde hier also keine Gewalt angewandt!" Dann zog er sie ins Schloss, steckte seinen Block und den Schreiber wieder ein und tippte mit der rechten Hand an seine Schirmmütze. Steffen ahnte, was nun kam und war darüber mehr als entsetzt.

„Ich werde das so weitergeben, Sie hören von uns!" Er gab seinem Kollegen ein Zeichen, dann gingen beide zurück zum Wagen und stiegen ein. „Das war alles?" rief Steffen ihnen zu: „Wozu hab ich Sie denn überhaupt hierher gerufen."

Der Beifahrer drehte die Seitenscheibe herunter und bemerkte: „Das wüssten wir auch gerne!" Der Wagen rollte in die nächste Einfahrt, drehte und fuhr zurück in die Stadt. Die Männer schauten ihn im Vorbeifahren noch nicht einmal mehr an. Johann Steffen war fassungslos. Diese Haltung der Beamten hatte er nicht erwartet. Enttäuscht und gedemütigt nahm er sein Handy und wählte die abgespeicherte, private Nummer des ehemaligen Beamten an, vor dessen Haus er stand.

Das Freizeichen ertönte, aber niemand hob ab. Er wollte gerade zurück zu seinem Wagen, als er ein leises Klingeln vernahm. Es verstummte, als er auflegte. Woher war es gekommen? Erneut nahm er sein mobiles Telefon und wählte noch einmal. Diesmal steckte er es eingeschaltet in seine Tasche, während er langsam zurückging und in die Nacht horchte.

Da…! Da war es wieder. Der angewählte Apparat meldete sich aus dem oberen Stockwerk. Er schaute hoch und sah das abgekippte Fenster. Zumindest war die Telefonleitung intakt aber ein zweites Mal würde er die Polizisten nach dieser stümperhaften Aktion nicht rufen.

Er schwankte zwischen Nichtstun und Zurückfahren.

Einfach eine Fensterscheibe einschlagen und mit Gewalt einbrechen. Aber was, wenn noch ein anderer im Haus war oder der Pensionär bedroht wurde?

Er hatte seine Pflicht getan und stand den Ereignissen machtlos gegenüber. So entschied er sich schweren Herzens dafür, trotz des unbefriedigten Ergebnisses nach Hause zu fahren.

Mit dieser Aktion, von der er sich wesentlich mehr versprochen hatte, war er tief enttäuscht. Aber wie hätte er es besser machen können? Er war von dem Motorrad überrascht worden und hatte die offene Haustür zum Anlass genommen, vorsichtig zu sein … war das so falsch gewesen?

Wäre er einfach ins Haus gegangen, was hätte ihn erwartet? Hätte er mit stärkerem Nachdruck auf die Beamten einwirken sollen? Er hatte doch nichts falsch gemacht!

Die Aufforderung des pensionierten Kripobeamten hatte er doch nicht missverstanden! Er überlegte noch einmal genau, was der Mann zu ihm am Telefon gesagt hatte: „Kommen Sie zu mir", das waren seine Worte gewesen und seine Andeutungen hatten ihn erst recht stutzig gemacht. Andeutungen, die tatsächlich darauf schließen ließen, dass der Tod seiner geliebten Frau doch nicht so ein eindeutiger Unfall gewesen war, wie man ihm glaubhaft versichert hatte.

Den genauen Tag wusste er noch und konnte sich genau an den Vorfall erinnern …

Und dann ließ er ihn auf der Straße stehen? Bei geöffneter Tür?

Er schüttelte den Kopf, denn er konnte sich beim besten Willen keinen Reim darauf machen und war gegen seine Überzeugung gezwungen, den Heimweg anzutreten.

Er ahnte jedoch, dass da mehr hinter stecken musste, als er bislang herausgefunden hatte … viel mehr!

Am Nachmittag des nächsten Tages

„Nein! Nicht schon wieder!" Der Beamte im Streifenwagen hatte soeben den Auftrag bekommen, zu einer Adresse zu fahren, die ihm sehr bekannt vorkam. Am Vorabend war er mit dem Kollegen genau zu diesem Haus gerufen worden. Während er seinen Kollegen ansah, der seine Schultern hob fuhr er los und wiederholte die letzten Worte der Zentrale: „Männliche Leiche, gefunden von der Putzfrau heute Morgen. Die Kollegen der Kriminalpolizei und die Spurensicherung sollen auch schon auf dem Weg sein! Es handelt sich mit sehr großer Wahrscheinlichkeit um einen Kollegen im Ruhestand." Sie hatten die Nachricht mit großer Konzentration verfolgt und wussten nun, dass die nächtliche Aktion nicht ohne Folgen bleiben könnte. Die Staatsanwaltschaft und alle Kollegen im Amt reagierten auf Angriffe gegen Kollegen immer mit großer Anteilnahme, denn sie wussten, dass es sie bei einem Einsatz einmal genauso treffen könnte. Der Polizist atmete tief durch, startete den Wagen und fuhr zur Ausfahrt. Während sich das Rolltor knarrend hob, kratzte er sich nervös an der Stirn, denn beide Beamte dachten in diesem Augenblick das gleiche: Sollten sie etwa gestern Abend mit dem Täter gesprochen haben? Sie hatten sich falsch verhalten, das war ihnen schon am gestrigen Tag klar gewesen, aber am Ende ihrer Dienstzeit, nach einem anstrengenden Tag wollten sie einfach nur noch nach Hause und hatten wohl auch deshalb die Umstände völlig falsch bewertet. Der Fahrer biss sich auf die Unterlippe. Er ahnte, dass der weitere Verlauf der Ereignisse kein Spaziergang würde, wie auch immer sich die Sache jetzt entwickeln könnte. Sie würden Fragen beantworten müssen, sehr peinliche Fragen! „Gut, dass ich den Bericht noch nicht geschrieben habe! Wir müssen uns einig sein und abstimmen!" Der Kollege nickte, während sie das Blaulicht einschalteten und losfuhren.

Zur gleichen Zeit am anderen Ende der Stadt

Johann Steffen war enttäuscht! Tief enttäuscht von der Art und Weise, wie man auf seinen Anruf reagiert hatte. Ihn quälte der Gedanke, dass der pensionierte Oberkommissar an dem Abend verhindert war, oder man in dessen Abwesenheit vielleicht sogar bei ihm eingebrochen war.

Der mysteriöse Motorradfahrer ging ihm durch den Kopf, als es bei ihm an der Tür klingelte. Er erwartete keinen Besuch. Nach dem unwirklichen Traum von seiner toten Ehefrau vorsichtig und misstrauisch geworden, ging er leise zur Tür und schaute durch den kleinen Spion, sah aber keine Person. Also schlich er zurück zum Küchenfenster und blickte auf die Straße, ohne dabei die Gardine zu bewegen. Zwei Männer standen auf der anderen Straßenseite und schauten zu ihm herüber. Er ging zum Telefon und wählte die Nummer der Bereitschaftspolizei. Er ließ oft anklingeln, aber scheinbar wollte die andere Seite das Gespräch nicht annehmen oder die Zentrale war nicht besetzt. „Wenn man sie mal braucht, entweder gehen sie nicht ans Telefon oder sie kommen und unternehmen nichts!" Er legte verärgert auf und ging zurück zum Fenster, aber jetzt waren die Männer verschwunden. Es schien, als würden immer mehr eigenartige Dinge geschehen.

Resigniert nahm er ein Glas, schüttete einen Schluck Malt Whisky hinein und ließ die Jalousien am Fenster herunter. Dann setzte er sich und wollte gerade sein angefangenes Buch aufschlagen, als ihm ein kalter Hauch in den Nacken blies. Alle Fenster waren geschlossen und unwillkürlich dachte er daran, dass sich diese Traumgestalt wieder im Raum befand. „Rita?" Ängstlich drehte er sich um. Durch die halb geschlossenen Rollos zwängten sich die hellen Streifen der Straßenlaterne und aus dem flirrenden Staub formte sich wieder die, ihm in dieser unvergesslichen Nacht erschienen Gestalt.

18

Sie schwebte auf ihn zu, umgeben von einer hell leuchtenden Korona. „Rita!" flüsterte er und starrte sie an.

„Wer denn sonst . . ." spürte er die Antwort, ohne wirklich etwas gehört zu haben. „Na, Bärchen? Glaubst du mir jetzt?" Sie hatte ihn immer so genannt, wenn sie gut gelaunt war.

Er wusste, was sie ihm mitteilen wollte und kam ihr zuvor: „Ich hab versucht, mit Breitner zu sprechen, er war nicht da!"

„Oh, du bist nicht auf dem neusten Stand! Der Oberkommissar war da! Er saß mit verzerrtem Gesicht in seinem Sessel, ermordet von der gleichen Person, die an dir vorbeifuhr. Eine schwarze Honda, ohne KFZ–Zeichen, stimmt`s?" Johann nahm sein Glas. Er zitterte beim Versuch, einen Schluck zu trinken und verschüttete dabei ein paar Tropfen, die in seinen Dreitagebart flossen. Mit dem Handrücken wischte er sich über den Mund, immer noch irritiert von der exakten Beschreibung des Zweirades. Während sich das Getränk wärmend in seinem Magen ausbreitete, arbeiteten seine grauen Zellen fieberhaft. Wenn sie das alles wusste, dann. . er wollte sie gerade fragen, als schon ihre Antwort kam: „Dann muss ich doch auch wissen, wer das war! Meinst du das? Du wirst es herausfinden. Wenn ich seinen Namen nenne, wirst du Fehler zu machen und zu schnell und voreilig zu handeln, falsche Schlüsse ziehen und keine Beweise haben … "

(Kommunizierte er wirklich mit einer Verstorbenen?)

Das Wesen, eben noch sehr mitteilungsbedürftig, zerfiel wieder zu Staub, wohl weil in dem Augenblick sein Telefon klingelte.

„Ja . . . ja, bitte?" meldete er sich, immer noch etwas verwirrt.

„Hier ist die Polizeiwache. Sie hatten vor ein paar Minuten versucht, uns zu erreichen? Was wollten Sie denn?"

Jetzt war er komplett irritiert und konnte nicht antworten.

„Hallo! Sind Sie noch da? Was wollten Sie denn von uns?"

„Ich weiß jetzt ganz genau, dass meine Frau keinen Unfall hatte, wie man mir weiß machen wollte! Sie wurde getötet."

Als er das gesagt hatte, wunderte er sich über seine eigenen Worte. Was sollte das? Nur der damalige Beamte hatte sich mit dem Unfalltod beschäftigt und nach dem Telefonat war er auch zuversichtlich gewesen, dass ihm Breitner mehr über die damaligen Ermittlungen sagen wollte. „Ihr Name und Adresse! Ihre Frau ist getötet worden? Wo sind Sie? Fassen Sie nichts an, wir kommen sofort!" Johann atmete tief durch und wollte die Sache richtig stellen: „Falsch! Doch jetzt nicht! Das ist drei Jahre her. Ich bin der Meinung, dass man damals zu früh den Tod als Unfall dargestellt . . . "

„Moment mal! Haben Sie getrunken? Vor drei Jahren?" Der Anrufer atmete tief ein: „Mann, gehen Sie aus der Leitung!" „Nein. Sie sehen das völlig falsch! Ich habe mit ihr doch eben noch gesprochen! Vor ein paar Tagen hat sie es mir zum ersten Mal erzählt." „Ihr Name, bitte!" Steffen war im Zweifel, ob der Beamte ihn richtig verstehen würde und zögerte deshalb wohl etwas zu lange. „Wir werden einen Krankenwagen schicken. Beruhigen Sie sich erst einmal. Man wird Ihnen bestimmt helfen können!" Steffen legte auf, zog sich an und verließ die Wohnung. Er ging in seine Stammkneipe „Beim Willi" und setzte sich an die Theke. Als ihn der Wirt, ein Bekannter aus glücklicheren Tagen verwundert ansah und nach seinem Befinden fragte, hielt ihn Johann am Arm fest: „Wenn einer nach mir fragen sollte, ich war den ganzen Abend bei dir . . ." er schaute auf seine Uhr, „sag denen, seit 19.ooh hätte ich hier bei dir gesessen und mich mit dir unterhalten. Tust du das?" Der Wirt polierte ein paar nasse Gläser und lächelte. „Was hast du denn ausgefressen? Eine Bank überfallen oder in den Stadtpark gepinkelt?" Johann blieb ernst: „Das ist kein Spaß, Willi. Es geht um viel mehr. Man glaubt mir nicht." Der Wirt deutete ihm mit einer kurzen Kopfbewegung an, hinter die Theke zu kommen und drängte ihn sofort hinter den schweren Vorhang in einen abgedunkelten Raum.

„Bist du wahnsinnig?" zischte ihn Johann an. „Glaubst du mir etwa auch nicht?" Willi steckte kurz den Kopf durch den Vorhang: „Svenja, kannst du die Theke machen? Ich hab hier zu tun!" Die Angesprochene legte ihr Tablett auf den Tresen. „Natürlich, Chef!" antwortete sie. Willi zog die beiden Enden des Stoffes wieder zusammen, ging in den Nebenraum und schloss die Verbindungstür zur Kneipe.

„Hannes, Hannes! Wie lange kennen wir uns jetzt? Du weißt doch ganz genau, dass einige Polizisten ihr Feierabendbier bei mir trinken! So auch heute! Der Karl saß direkt neben dir und hat große Ohren bekommen. Und dass sein Kollege daneben als Pförtner auf dem Amt beschäftigt ist, das musst du doch auch wissen! Ich weiß nicht, was du gemacht hast, sei vorsichtiger, sonst kannst du dir direkt auf die Stirn schreiben, dass man dich sucht!"

Steffen fand es an der Zeit, seinen Freund in die verstrickte Geschichte einzuweihen. Sie saßen ungefähr eine Stunde in dem hinteren Raum, der wie ein bequemes Wohnzimmer eingerichtet war. Der schwere Schreibtisch am Fenster wirkte sehr aufgeräumt und die Ledercouch, auf der sie beide nebeneinander saßen, wurde von Willi manchmal als Bett genutzt, wenn er zu müde war, nach einem anstrengenden Tag noch nach Hause zu fahren.

Johann hatte ihm (fast) alles erzählt. „Genauso hat es sich abgespielt! Glaub mir, sie stand vor mir und hat das alles erzählt. Ich war völlig fertig. Und dann rief mich der damalige Kommissar an, der jetzt verschwunden ist, oder wie mir Rita erklärte, tot in seinem Bett lag, als ich mit den Beamten vor dem Haus stand! Verstehst du jetzt meine Angst?" sagte er und schaute dabei in das verschreckte, ratlose Gesicht des Wirtes. Der schluckte, stand auf und ging zu einer kleinen Anrichte: „Willst du auch einen Kaffee?"

„Was? Ach so, ja. Mach mir auch eine Tasse!"

Das Geräusch der Kaffeemaschine ließ eine kurze Pause entstehen, bis Willi die beiden Tassen mit zum Tisch brachte: „Milch? Zucker?" Johann, in Gedanken versunken, antwortete fast mechanisch: „Beides!" Als er seinen Kaffee umrührte kam der Wirt auf die absonderliche Geschichte zurück. „Rita also," sagte er „deine verstorbene Frau, soso! Und die hat mit dir gesprochen?" Johann stellte seine Tasse zurück auf den Tisch, bevor er einen Schluck genommen hatte. Er war enttäuscht. „Ich wusste, dass auch du mir nicht glauben würdest! Und noch eins, sie ist nicht verstorben! Sie wurde ermordet!"

Willi schaute seinen Freund ängstlich an: „Johann, ich mache mir Sorgen, ernsthaft! Drei Jahre ist das nun her und du findest dich damit immer noch nicht ab? Junge, sie ist tot! Was willst du damit erreichen? Du machst nur die Pferde scheu und wirst bald nicht mehr für voll genommen! Du warst doch damals auch kurz davor, eingeliefert zu werden! Hör auf mich, lass endlich los und fang ein neues Leben an!"

Abrupt setzte Johann seine Tasse halbleer auf den Tisch, stand auf und verließ wortlos den Raum.

„Johann, ich mein es doch nur gut . . . " rief er hinter ihm her, doch Steffen hörte schon nicht mehr hin, riss die Tür auf, der Vorhang flatterte und Willi saß alleine in der hinteren Stube.

„Der kann immer noch nicht die Wahrheit vertragen! Der gleiche Sturkopf, wie damals in der Schule, " flüsterte Willi. „Wenn ihm etwas nicht passte, stand er auf und lief fort!"

Johann ging durch die Altstadt. So alleine, wie gerade, hatte er sich schon lange nicht mehr gefühlt. Keiner glaubte ihm!

Wie lange er planlos durch die Straßen gelaufen war?

Er wusste es nicht mehr, als er ein helles Licht sah. Kam ihm auf dem dunklen Weg ein Fahrzeug entgegen? Immer größer blähte sich die Helligkeit auf und kurz darauf schwebte die Lichtgestalt vor ihm. „Rita?" fragte er vorsichtig, denn er konnte keinen Körper erkennen.

„Es ist wieder passiert …" hörte er ihre Stimme, „eine junge Frau ist ihm zu nahe gekommen und hat wohl leider auch sein Geheimnis gelüftet. Das war ihr Todesurteil …".

Eine Pause entstand und Johann wollte gerade nachhaken, als die Gestalt ihm weitere Informationen zukommen ließ.

„Wie damals bei mir .. ich hätte mich nicht einmischen sollen, aber meine Neugier war stärker! Diesmal kann das Mirakel gelüftet werden, wenn man ihren Körper früh genug findet, denn sie war clever und trägt den Beweis in sich …"

Johann verstand kein einziges Wort davon, er wollte eine Erklärung, einen weiteren Hinweis, doch die Geistergestalt war genauso schnell wieder verschwunden, wie sie aus dem Nichts aufgetaucht war. Er kam sich unnütz vor, denn es war immer noch ein unlösbares Rätsel. Warum ließ sie ihn immer wieder mit neuen Fragen zurück?

Die Polizei glaubte ihm nicht und weitere Nachforschungen würden ihn tatsächlich in eine geschlossene Anstalt bringen.

Sie hatte eben von einer Frau gesprochen. Eine junge Frau? Was für eine Frau und wo war sie? Vergraben? Versteckt?

Wenn er weiterhin von seinem Schattenweib mit spärlichen Hinweisen konfrontiert würde, dann könnte er ohne weiteres den Verstand verlieren, davon war er überzeugt.

Zweifel kamen in ihm hoch und er stellte sich immer wieder die gleichen Fragen: Kam er tatsächlich nicht mit dem Tod seiner Ehefrau klar und flüchtete sich in wilde Träume?

Oder nahm er unbewusst irgendwelche Medikamente, die seinen Geist verwirrten und ihm Streiche spielten?

Konnten das vielleicht alles nur Traumfiktionen sein?

Aber da waren die wirklichen Ereignisse, an denen man nicht vorbeikam! Der telefonische Rückruf des ehemaligen Beamten, der mehr zu wissen schien … beziehungsweise gewusst hatte!

Nun war er tot! Sollte da etwas verschleiert werden? Und wenn ja, von wem? Auf jeden Fall musste er vorsichtiger werden.

Kapitel 2

Jasmin hätte auf die warnenden Worte ihrer Eltern hören sollen, ihr Umfeld kritischer betrachten müssen. Letztendlich waren ihr Freiheitsdrang und ihre Gutgläubigkeit zum Verhängnis geworden. Jetzt war es zu spät! Zu spät für Vorsicht, Reue oder Einsicht . . . . denn nun schwammen ihre sterblichen Überreste weit draußen im Meer. Würde man ihre Leiche jemals finden, bevor sie sich ganz zersetzt hatte? Viele kleine Fische zupften schon seit Tagen an ihr herum, rissen zuerst winzige Hautfetzen ab, bis sich schließlich auch gierige, größere Artgenossen ihren Anteil holen wollten.

Weiß und aufgedunsen, mit einer Konsistenz wie die obere Schicht eines Puddings, schwappte sie halb auf, halb unter den Wellen, während hier an dieser viel befahrenen Nordseeküste Krabbenkutter und friesische Fischer ihre Schleppnetze hinter sich her zogen. Gewebeflocken lösten sich immer wieder aus dem Torso und schon bald wäre es unmöglich, sie noch an einem Stück in ein Boot zu heben.

Helgoländer Fähren tauchten dann und wann am Horizont auf, doch dieser winzige Haufen menschlicher DNA, den hohen Wellen kraftlos ausgesetzt, wie sollte der wahrgenommen werden? So jedenfalls hatte sie keine Chance ein christliches Grab auf dem Festland zu bekommen.

War das der perfekte Mord? Das ewig unerkannte Verbrechen? Ihre Stichverletzungen im Bauch,- und Brustbereich ließen darauf schließen, dass sie nicht freiwillig hier herumschwappte. Noch ein oder zwei Tage und die Spuren wären so verwischt, so unkenntlich geworden, dass auch eine noch so sorgfältig durchgeführte Obduktion die tödlichen Indizien nicht mehr feststellen könnte. Sie trug keine Kleidung und eine Identifizierung wäre in diesem Zustand schon jetzt fast aussichtslos gewesen, denn ihre Gliedmaßen wurden nur noch von ein paar Sehnen an ihrem ursprünglichen Ort gehalten. Es war eine Frage der Zeit, wann der Körper ganz zerfallen und vom Meer und seinen Bewohnern bis zum letzten Hautpartikel aufgesogen und vereinnahmt werden würde.

Sie war verschwunden, spurlos, so schien es und sie war damit wahrlich nicht alleine, denn die Statistik besagt, dass etliche Zeitgenossen sozusagen über Nacht nicht mehr vorhanden sind. Deren Existenz konnte nur noch anhand von Fotos und in den Erinnerungen der Verwandten nachgewiesen werden.

Aber wie war Jasmin, dieses junge Weib überhaupt in eine solch grausame Situation gekommen?

War es ihre Unbesonnenheit? Ihre schier unersättliche Neugier auf das Leben und die vielen Möglichkeiten, unbeschwert in den Tag hinein zu leben?

Ein Suizid schied jedenfalls aus, denn sie war immer fröhlich und ausgeglichen gewesen, lebensbejahend, süchtig nach Neuem, sie wollte die Welt erleben und sich frei fühlen!

Ein solcher Mensch nimmt sich nicht das Leben.

Nein, es war ganz anders!

Sie hatte sich, wie man so sagt, zum falschen Zeitpunkt am falschen Ort befunden und nicht verstanden, dass es besser gewesen wäre, nicht so vertrauensselig auf fremde Menschen zuzugehen … ihnen bedingungslos zu vertrauen, bevor man sie überhaupt erst richtig kennengelernt hatte.

Sechs Wochen vorher

„Endlich!" Die Blondine hatte ihren 18. Geburtstag so sehr herbeigesehnt. Jetzt, einen Tag später saß sie im Flieger, der sie in die Sonne bringen sollte. Der erste Urlaub alleine! Sie hatte sich viel vorgenommen. Alles wollte sie hinter sich lassen! Ihre Wut auf den neuen Stiefvater, der so überhaupt nicht zu ihrer Mutter zu passen schien, das kleinbürgerliche, spießige Dorf, in dem man noch nicht einmal nach 22.ooh etwas erleben konnte und natürlich die gleichaltrigen Freunde, die sie einfach zu kindisch fand und nur noch mit einem müden Lächeln bedauerte. Endlich, so hoffte sie außerdem, würde sie auch ihre Unschuld auf der Insel lassen, sich frei fühlen und nur noch das tun, was Spaß machte! Sie wollte etwas erleben!

„Pling!" Das akustische Signal wurde von einem Blinklicht über dem Vordersitz ergänzt. „Fasten seat belts! Don`t smoke!" Sie kontrollierte den stramm anliegenden Gurt, der sie im Sitz hielt, nahm das kleine Kopfkissen und lehnte sich gegen das ovale, kleine Seitenfenster, dessen Rollo sie ganz heruntergezogen hatte.
Schnell war sie entschwunden, im Land ihrer Träume, bekam noch nicht einmal mehr mit, als die Stewardess vorsichtig ihre Arme vom Schoß hob, um den korrekten Sitz ihres Sicherheitsgurtes zu prüfen. Dann heulten die Turbinen auf, die ganze Maschine bebte vor gedrosselter Kraft, bis endlich die Bremsen gelöst wurden und das Wunderwerk der Technik, leicht wie eine Feder und doch mit gewaltigem Schub steil in den Himmel schoss.

Jasmin hatte nach zwei Wochen im Hafen von Palma diesen weltgewandten, gutaussehenden Mann kennengelernt. Dass er wesentlich älter als sie war, spielte keine Rolle. Im Gegenteil, sie fand seine leicht ergrauten Schläfen eher sexy. Er war so erfahren und selbstsicher, hatte eine eigene Jacht, war Chef eines großen, internationalen Konzerns mit Sitz in Hamburg, ungebunden ... so er es zumindest gesagt... das alles war für sie wie ein Sechser im Lotto. Sie wurde noch am selben Abend seine Geliebte und hatte nach ein paar Tagen nichts dagegen einzuwenden, mit ihm zurück nach Deutschland zu fliegen.

Er sonnte sich damit, ein junges Ding an seiner Seite zu haben und sie wurde in die besten Restaurant und Hotels ausgeführt. Natürlich erklärte sie sich auch sofort bereit, in seiner Firma als Sekretärin zu arbeiten, denn so war sie tagsüber in seiner Nähe. Sie bewohnte eine, seiner Penthouse Wohnungen an der Außenalster, wo er sie fast jeden Abend besuchte. Leider blieb er nie über Nacht, aber das würde sich sicherlich bald ändern.

Da er sich aber entgegen ihrer Meinung immer mehr von ihr zurückzog, keimte in ihr schließlich der Verdacht, dass sie nicht seine einzige Gespielin war. Sie schnüffelte in seinen Akten, kramte im Terminkalender und schaffte es sogar auch, seine Briefe und E Mails in seinem Computer zu lesen.

Sie war dabei unbewusst hinter ein verbrecherisches Geheimnis ihres flüchtigen Bekannten gekommen. Es war keine weitere Frau, die ihr hätte gefährlich werden können ... es waren brisante Geschäfte, die ihr Liebhaber geschickt getarnt hatte und mit denen er neben seiner Haupttätigkeit illegale Verkäufe und Transfers tätigte. Eines Nachmittags, sie war gerade wieder dabei, sich in seinen Unterlagen zu vertiefen, als sie Schritte auf dem Flur hörte. Sie konnte sein Büro nicht mehr verlassen, denn plötzlich stand er hinter ihr und schaute auf sein geöffnetes Notebook. Er hatte viel zu verlieren, als er die geöffnete Seite auf dem Bildschirm sah.

„Verdammt! Sie wird doch nicht etwa…! Wie war die kleine Schlampe denn an sein Passwort gekommen?" schoss es ihm durch den Kopf. „Ich war doch so vorsichtig!" Jasmin hielt den entnommenen Mikro Chip fest in ihrer Faust. Gerade noch rechtzeitig war die Übertragung fertig geworden. Sie hatte damit vorgehabt, ihn anzeigen aber das hatte sich ja jetzt erledigt. Sie war ertappt worden und es gab offensichtlich keine Möglichkeit mehr, sich in Sicherheit zu bringen.

Sie hatte ihn vorher heimlich beobachtet, wenn er sich mit seinem Rechner beschäftigte und emsig Nachrichten absetzte. „Er muss eine Andere haben!" hatte sie dabei vermutet und sich in seiner Abwesenheit schnell an seinen Rechner gesetzt. Zu ihrer Überraschung fand sie jedoch in den Geschäftsdaten Anweisungen und Adressen, die sie nicht verstand und prüfen lassen wollte. Aber nun war es zu spät dazu!

„Was hast du da gemacht?" fuhr er sie barsch an, doch sie senkte den Kopf und schwieg. Was sollte sie denn zu ihrer Entschuldigung auch dazu sagen? „Du hättest mich fragen können, aber in meinen Sachen herumstöbern, das mag ich gar nicht. Du warst also an meinem Rechner, stimmt`s?" Unwillkürlich musste sie nicken. „Na also! Und? Bist du jetzt schlauer? Du weißt doch sowieso nichts damit anzufangen!" Wütend schaute er auf die geöffnete Seite und meldete das Programm ab. Er schien zu ahnen, dass sie mehr wusste, als sie jetzt zugab und musste handeln, bevor sie ihre Entdeckung weitergeben konnte. Er ging auf sie zu. „Ich kann dich nicht am Leben lassen! Dazu ist mir mein Geschäft zu wichtig! Dafür hat schon einmal eine neugierige Mitarbeiterin ins Gras beißen müssen!" Ihre Angst steigerte sich ins Unerträgliche, als sie ihn ansah. Seine Augen schienen sie zu durchbohren und seine Haltung zeigte ihr, dass er zu Allem entschlossen war.

„Aber …" versuchte sie ihm zu erklären: „ich dachte, du betrügst mich! Ich hab doch nichts davon verstanden!"

Er packte sie an der Schulter und drehte sie zu sich herum. Entschlossen schob sie blitzschnell den kleinen Datenträger in den Mund und schaute ihn trotzig an. Er hatte das nicht mitbekommen, es wäre ihm in diesem Augenblick auch sicherlich völlig egal gewesen, denn seine Hände legten sich um ihren Hals und einem Schraubstock gleich, drückte er sofort fest zu. „Du kleines Miststück! Es hat da schon einmal eine Frau gemeint, mich hintergehen zu können!" Sie röchelte, schluckte und rang nach Atem. „Das ist dieser Schlampe nicht gelungen und es wird auch dir nicht gelingen, mich zu erpressen und meine Pläne zu durchkreuzen!" Ihr wurde schwarz vor Augen, sie sah weder, wie sich sein Mund bewegte, noch hörte sie etwas, außer ihrem eigenen Herz, das einem dumpfen Takt gleich immer langsamer ein schwächer werdendes Pochen von sich gab. Speichel tropfte aus seinem Mundwinkel, während sie mehr aus einem inneren Lebenserhaltungstrieb, denn aus eigenem Willen vergeblich versuchte, mit ihren Fäusten gegen sein Gesicht zu schlagen und sich zu befreien. Dabei verkeilte sich das Plastikplättchen mit einem stechenden Schmerz in ihrer Luftröhre.

Ihre Gegenwehr erlahmte jetzt komplett und das Schicksal nahm seinen Lauf. Sie sackte kraftlos in sich zusammen, denn es kam kein Sauerstoff mehr in ihre brennende Lunge. Die Zunge quoll aus dem Mund und ihre Augen, blutunterlaufen traten unnatürlich weit aus den Höhlen. Jacobsen löste seine feste Umklammerung, stand aus und wandte sich von ihr ab.

Jetzt realisierte er, was sich da soeben abgespielt hatte.

Zum zweiten Mal war er gezwungen, sein Geheimnis von den illegalen Geschäften mit aller Macht zu verteidigen.

„Neugier ist tödlich, du dumme Gans!" sagte er, als würde sie ihn noch hören können. Jasmin lag unnatürlich verdreht auf dem Teppichboden, die weit geöffneten Augen schienen ihn vorwurfsvoll anzustarren. Damals hatte Boris die Idee gehabt, seine Sekretärin durch einen Unfall aus dieser Welt verschwinden zu lassen. Das war in diesem Fall schwierig. Diese neugierigen Weiber! Man darf sie nicht einen einzigen Moment alleine lassen! So versuchte er sein Tat zu rechtfertigen, aber sofort schoss ihm auch durch den Kopf, dass er nun sehr schnell Maßnahmen ergreifen musste, denn sie sollte auf keinen Fall mit ihm in Zusammenhang gebracht werden! Man durfte sie keinesfalls in seinem Büro finden! Widerwillig packte er sie an den Füßen und zog sie über den Boden ins Nebenzimmer. Dann durch suchte er das Büro nach Gegenständen, die einen Rückschluss auf sie zulassen könnte. Ihre Handtasche, die halbhohen Schuhe, die sie aus verständlichen Gründen bei ihrer Gegenwehr verloren hatte, er fand sogar noch ihre Armbanduhr unter dem Schreibtisch, dessen Band bei dieser Aktion zerrissen war. Alle Sachen verstaute er in einen, dieser Abfallsäcke, in denen die Papierkörbe geleert wurden und legte ihn verknotet neben die Leiche. Er hatte sie auf den Bauch gedreht, weil er ihre Augen nicht zu schließen vermochte und den grausamen, starren Blick nicht ertragen konnte.

Es war früh am Abend, aber schon lange nach Feierabend und nur der Nachtwächter, der stündlich seine Runde durch das Gebäude machte, könnte ihm hier jetzt heikle Fragen stellen.

Sein Mann fürs Grobe musste ihm wieder einmal aus der Patsche helfen. Er nahm sein mobiles Telefon und wählte die Nummer von Boris, dem Ukrainer, der diese besondere Fähigkeit besaß, ungeliebte Mitmenschen „verunglücken" oder ganz einfach verschwinden zu lassen, ohne eine einzige Spur zu hinterlassen.

Auf hoher See

Die holländischen Fischer stoppten sofort die Winde, als sie im Schleppnetz die sterblichen Überreste eines menschlichen Körpers sahen. Es war reiner Zufall gewesen, dass gerade in diesem Augenblick, als sich das Stahlseil straffte, der weiße, ausgebleichte Arm der jungen Frau in der brodelnden Fischmasse zu winken schien. Jan, der junge Hilfsmatrose war in Ohnmacht gefallen und Toni van Houge, der Kapitän funkte die Koordinaten augenblicklich zum Festland.

Sie dümpelten genau in der Fahrrinne, hier konnten und durften sie keinen Anker werfen. Deshalb versuchten sie nur, so gut es ging den augenblicklichen GPS - Standort zu halten.

Es dauerte eine gefühlte Ewigkeit, bis sich Radio Den Helder meldete und sie anwies, einen deutschen Hafen anzusteuern, damit man dort mit den Untersuchungen beginnen könnte.

Der Seeweg in den heimischen Hafen nach Harlingen wäre viel zu weit. Achselzuckend folgte der Kapitän dieser Anweisung und verließ die Wasserwüste, das lange Schleppnetz hinter sich her ziehend, in Richtung der ostfriesischen Inseln.

Die deutsche Kriminalpolizei war schon von den holländischen Kollegen informiert worden und setzte mit einer Fähre nach Wangerooge über, dem vereinbarten, nächsten Seehafen. Die Beamten warteten am Kai, als sie etwa zwei Stunden später dort eintrafen. Ein Teil des kleinen Hafens war schon abgesperrt worden und nach einer kurzen Erklärung kamen die Beamten an Bord, um ihre traurige Arbeit aufzunehmen.

„Wer zahlt uns denn nun den Ausfall?" fragte sein Bootsmann, der um seinen Tagesverdienst bangte. Anton van Houge, der Kapitän warf seine Kippe ins Wasser und zuckte mit der Schulter. „Du weißt doch, was vorige Woche passiert ist. Da mussten wir das Netz kappen, weil es sich beim Einziehen irgendwo verhakt hatte. Hab ich dafür Ersatz bekommen?

31

Wenn das so weitergeht, werde ich bei uns im Dorf Fischbrötchen verkaufen und den Kutter im Hafen an der Leine lassen. Die Bank wird sich darüber riesig freuen!"

Der gesamte Fang war hin! Mühselig musste zwischen den Fischen jeder Fund genau kontrolliert werden, um wenigstens die hauptsächlichsten Gliedmassen zusammen zu bekommen. Trotz größter Mühe war es unmöglich, das Geschlecht des Torsos zu identifizieren. Die Beine waren bis zum Knie zwar vorhanden, konnten aber nicht angefasst werden, denn die gesamte Masse drohte flockig zu zerfließen.

„Die Gerichtsmedizin muss sich damit befassen! Nehmt die Gummisäcke und sammelt vorsichtig alles ein, was nach menschlicher DNA aussieht. Mehr können wir nicht tun!"

Noch am selben Abend waren die Kripobeamten mit ihrer Arbeit fertig und van Houge bekam die Anweisung, seinen gesamten Fang weit draußen zu verklappen und dann in ihren Heimathafen zu fahren. Es war ein trauriger Auftrag, aber auch mehr als verständlich, dass man aus Respekt vor dem aufgefischten, toten Körper den Fang nicht an die Märkte liefern konnte und aus hygienischen Gründen auch nicht durfte. Als sie den Inhalt des Schleppnetzes völlig geleert hatten und mit dem Schlauch abgepumptes Seewasser immer wieder über die Winde und das entleerte Netz gespritzt hatten, setzten sie Kurs auf die holländische Küste. Zurück im Heimathafen wurden die Planken, das Netz und die Stahlseile der Winde zusätzlich noch einmal mit dem Hochdruckreiniger gesäubert und danach desinfiziert. Danach konnten sie nur noch auf die Beamten des Gesundheitsamtes warten und inständig hoffen, dass ihr Schiff wieder für den Schifffang freigegeben wurde.

Unterdessen hatte die Mordkommission in Wilhelmshaven die Ermittlungen aufgenommen und es dauerte keine zwei Tage, bis sich die Gerichtsmedizin bei ihnen im Amt meldete.

In der Luftröhre des aufgedunsenen Torsos hatte man einen kleinen Chip gefunden, der jedoch durch das Salzwasser und die Fäulnisgase in einem bedauernswerten Zustand war.

„Vielleicht könnte man noch etwas von den Daten retten, meinen Sie nicht auch wir sollten das versuchen? Es ist doch sehr merkwürdig, dass eine Wasserleiche einen Datenträger verschluckte, bevor sie, wie auch immer, ins Wasser gelangte."

„Sehr gute Arbeit! Konnten Sie feststellen, ob es sich um eine Frau oder einen Mann handelt?"

Wie aus der Pistole geschossen kam die detaillierte Antwort: „Junge Frau, schwarzes, schulterlanges Haar, geschätztes Alter höchstens 25 Jahre. Das Becken zeigt keine Anzeichen von einer Geburt. Weitere Angaben sind schwierig, da sie längere Zeit im Wasser war und verständlicherweise weitere Aussagen reine Spekulation wären. Der Abgleich mit Vermisstenanzeigen hat bislang noch keinen Treffer ergeben."

„Wäre auch zu einfach gewesen! Wie machen wir das mit dem Chip? Sollen wir ihn abholen lassen?"

„Schon erledigt! Die Experten vom IT arbeiten schon daran. Sie sind ziemlich zuversichtlich, zumindest ein paar Daten rekonstruieren zu können."

„Wenigstens haben wir eine Spur! Ich will hoffen, dass sie uns weiterbringt, nicht dass es sich nur um Urlaubsfotos handelt!"

„Es ist jetzt nicht die Zeit, um Witze zu machen! Stell dir nur mal vor, wie verzweifelt die Frau gewesen sein muss, wenn sie versucht hatte, dieses kleine, harte Plastikteil zu verschlucken".

„Oder musste! Vielleicht wurde sie dazu gezwungen? Oder es sollte eine Strafe sein! Warten wir weiter ab, was überhaupt da gespeichert ist … wenn was drauf sein sollte!"

Der Staatsanwalt saß in einer Zwickmühle. Einerseits hatte er nach Recht und Ordnung zu handeln, andererseits ging es schließlich um seinen Stiefbruder Marius Jacobsen.

Dieser Prokurist einer großen Firma litt seit Kindertagen darunter, dass er als kleinster dem Älteren nicht das Wasser reichen konnte. Die zweite Frau hatte den späteren Beamten mit in die Ehe gebracht und mit ihrem Mann dann noch ungewollt diesen kleinen Blondschopf bekommen. Er war von Anfang an ungeliebt, das ließ man ihn unverblümt spüren. Und obwohl der ältere Stiefbruder immer zu ihm gehalten hatte, war seine Eifersucht auf ihn dennoch grenzenlos.

Der Kleine hatte sich ehrgeizig vom Buchhalter zum Prokuristen hochgearbeitet, wollte Anerkennung von den Eltern, aber die hatten nur Augen für den Juristen, der das Ansehen der Familie hochhielt. Ein Staatsanwalt im gehobenen Dienst! Das war etwas, mit dem er nicht mithalten konnte.

Bei jeder Familienfeier bekam er das aufs Butterbrot geschmiert. „Nimm dir ein Beispiel an Harald! Dr. jur.! Und du bist immer noch bei dem gleichen Konzern? Reicht dir das?"

Mit Manipulationen und fiktiven Buchungen hatte er sich einen Batzen Geld beiseite geschafft, bevor eine unscheinbare Sekretärin dahinter gekommen war. Sie war so naiv gewesen und hatte ausgerecht ihn dazu befragt. Sie hätte genauso gut in einen Löwenkäfig springen können.

Einen Tag später hatte sie diesen angeblichen Verkehrsunfall.

In Wirklichkeit war er zu ihr in den Wagen gestiegen um sich angeblich von ihr nach Hause bringen lassen. Als sie völlig ahnungslos angehalten hatte, stach er mehrfach auf sie ein und schob sie achtlos auf den Beifahrersitz. Dann fuhr er mit ihr auf eine Anhöhe und setzte die Sterbende wieder hinter das Steuer, löste die Handbremse und schaute seelenruhig zu, wie der Wagen Fahrt aufnahm, um endlich am unteren, abknickenden Ende der Straße geradeaus die Böschung herunter zu stürzen.

Überraschung am Morgen

Es war 8.45h morgens, als es bei Johann Steffen an der Tür klingelte. Wie immer schaute er gewohnheitsmäßig durch den kleinen Spion, um keine böse Überraschung zu erleben. Zwei Männer in Zivil warteten geduldig vor der Tür. Der Kleidung und dem Auftreten nach zu urteilen, schienen es Beamte der Polizei zu sein. Durch die geschlossene Tür rief er: „Ja, bitte? Was wollen Sie?" Die Antwort kam prompt: „Kriminalpolizei, öffnen Sie die Tür, wir müssen reden!" Johann öffnete die Tür nur einen Spalt, den die Sperrkette freigab: „Ihre Ausweise, bitte!" Die Beamten kramten in ihren Taschen und hielten danach die kleinen Plastikkarten in die Öffnung: „Machen Sie schon auf, oder wollen Sie, dass ihre Mitbewohner hellhörig werden." Was wollten die Herren von ihm? Zögernd ließ er sie eintreten. Man unterhielt sich gut eine Stunde, dann gingen die Beamten wieder und Johann ahnte immer noch nicht, dass er ein Spielball der Mächte geworden war. Eine warnende innere Stimme ließ ihn jedoch trotz seiner Zweifel noch einmal in seine Stammkneipe gehen. Willi schien hellerfreut zu sein, ihn wieder begrüßen zu können, doch Steffen machte es diesmal kurz. Er wollte nicht, dass sein Tun wieder kritisiert würde. Deshalb erwähnte er den Besuch der Kriminalpolizei nicht. „Du hattest mit allem Recht ..." log er, um einen Vorwand zu haben: „ich werde einige Zeit ausspannen und wegfahren." „Gut so, toll! Das hab ich dir doch schon immer gesagt. Wohin soll`s denn gehen?" Er stellte ihm unaufgefordert einen Kaffee hin ... mit Milch und Zucker, das hatte er nicht vergessen. „Weiß noch nicht! Könntest du vielleicht ab und zu nach meiner Post sehen?" dabei legte er seinen Zweitschlüssel auf den Tresen. „Na klar! Mach ich! Bist du wieder der Alte?" Johann nickte, aber er grübelte und starrte dabei ins Leere.

Eine Woche später saß er in der Gerichtsmedizin, da man ihm eine aufschlussreiche Nachricht versprochen hatte.

Mehrere Beamten saßen im Raum, als der Mediziner endlich zur Sache kam: „War es nicht so, dass Sie schon damals den Unfalltod Ihrer Frau nicht akzeptieren wollten und daraufhin sechs Wochen ins Krankenhaus eingeliefert wurden?"

Johann war verdutzt. Was hatte das damit zu tun, dass er nach dem Tod des ehemaligen, leitenden Kriminalbeamten wieder berechtigte Zweifel hegte?

„Antidepressiva und starke Schmerzmittel lese ich hier, haben Sie erhalten. Und die haben nichts gebracht? Wieso wühlen Sie immer noch in den alten Sachen herum? Wollen Sie immer noch nicht wahrhaben, dass Ihre Frau tot ist?"

Ein Raunen ging durch den Raum und Johann spürte, dass man gerade dabei war, ihm aus seinen letzten Aktionen einen Strick zu drehen, ihn unglaubwürdig erscheinen zu lassen, ihn zu demütigen. Wer um alles in der Welt steckte bloß dahinter?

Ohne ein weiteres Wort reichte ihm der Mediziner ein Glas. „Trinken Sie, Sie müssen doch eine ganz trockene Kehle haben!" Johann dachte an nichts, als er die durchsichtige Flüssigkeit trank. Erst der seltsam bittere Nachgeschmack kam ihm merkwürdig vor, aber da war es schon zu spät. Schemenhaft bekam er mit, wie er gestürzt wurde und man ihn aufs Zimmer brachte, dann wurde ihm schwarz vor den Augen.

Wie lange er ohnmächtig gewesen war, konnte er nicht wissen. Seine Zunge schien gefühllos und viel zu dick in seinem Mund zu liegen. Er öffnete die Augen und es war ihm, als würde er durch eine grob geschliffene Glasscheibe schauen.

Das Zimmer hatte nur ein einziges Bett. Beide Hände waren in Hüfthöhe an das Rohrgestell gefesselt und spätestens jetzt war ihm klar, dass er mit seinen Recherchen zu weit gegangen war und irgendwem gewaltig auf den Nerv ging. Man wollte ihn kaltstellen, unglaubwürdig machen, vernichten.

Warum hatte er sich nur auf dieses Abenteuer eingelassen und war den Träumen seiner Frau nachgegangen?

Was hatte er bisher damit erreicht? In eine aussichtslose Situation war er dadurch hineingeschliddert. Er haderte mit sich und zerrte vergeblich an den ledernen Fesseln.

Da wurde es plötzlich kalt im Zimmer und ein Nebelhauch streifte sein Gesicht: „Das wollte ich nicht!" Er spürte, wie die Lederspangen von seinen Armen gelöst wurden.

„Steh auf! Du musst sofort von hier verschwinden, folge mir!" Mühsam stemmte er sich hoch, verlor das Gleichgewicht und drohte, wieder zurückzufallen, als er von einer starken Hand festgehalten, gestützt wurde. Das Geistwesen gab ihm Kraft.

„In guten, wie in schlechten Zeiten! Ich werde dir nicht mehr von der Seite weichen, denn ich will schließlich, dass du den Beweis findest und den Kerl zu Fehlern zwingst!"

Die Tür öffnete sich und er schien hinter der Traumgestalt zu schweben, er fühlte sich so leicht und beschwingt.

Auf dem Gang saß ein Polizist, der vertieft in einer Zeitung las und sie anscheinend nicht bemerkte.

Als er Bedenken äußern wollte, bekam er sofort die Antwort: „Entspann dich, jetzt muss ich handeln! Keiner wird uns aufhalten! Hier bist du jedenfalls nicht mehr sicher!"

Tatsächlich kümmerte sich niemand um sie. Als wären sie unsichtbar, schwebte er hinter der Nebelgestalt die breite Treppe herunter, durch die geschlossene Eingangstür. Als ihm übel wurde und er drohte, das Bewusstsein zu verlieren, hörte er die tröstenden Worte seiner Frau: „Ruh dich aus. Wenn du erwachst, bist du in Sicherheit!"

Sein Kopf fiel zur Seite und er fühlte sich geborgen und zum ersten Mal seit sehr langer Zeit wieder glücklich.

Aufruhr in der Psychiatrie

Die Krankenschwester nickte dem Polizeibeamten zu, der in einem Sessel vor dem Zimmer auf dem Gang saß.

Sie nahm die Chipkarte und zog sie durch das elektronische Schloss. Mit einem leisen Klicken öffnete sich die Tür und ließ die eingetretene Frau erstarren.

Das Bett war leer, die Lederspangen lagen geschlossen auf dem Oberbett. Die seitlich angebrachten Gitter waren so hoch, dass es dem Patienten unmöglich gewesen sein musste, das Bett alleine zu verlassen. Durch den erstaunten, kurzen Schrei kam der Polizist zur Tür. „Was ist?" sagte er und erschrak sogleich, als er das leere Zimmer sah.

„Das verstehe ich nicht!" verteidigte er sich sofort. „Hier ist außer Ihnen niemand gewesen. Ich hätte das doch gemerkt!"

Er kratzte sich verlegen an der Stirn und zweifelte an seinem Verstand, denn die Tatsachen sprachen für sich.

Die Schwester stellte das mitgebrachte Tablett auf den kleinen Tisch und drückte den roten Alarmknopf des Senders, den sie an einer Kette um den Hals trug.

Es dauerte keine Minute, als hier die Hölle los war.

„Wer hat ihn losgebunden? Er ist nicht zurechnungsfähig! Finden Sie ihn!" Der benachrichtigte Staatsanwalt war außer sich. So viel Mühe hatte es ihn gekostet, den Mann hierher zu bringen. Die Ärzte zu überzeugen und nun das…!

„Geben Sie eine Fahndung raus, die Personenbeschreibung werden Sie ja haben! Das wird ein Nachspiel für Sie haben!"

Der Beamte, der für die Bewachung abgestellt worden war verstand die Welt nicht mehr. Er war weder auf der Toilette gewesen, noch hatte einen Augenblick die Tür außer Acht gelassen. So etwas war ihm in all seinen Dienstjahren noch niemals zuvor passiert.

„Wo bin ich?" Mit einem fahlen Geschmack im Mund war Steffen aufgewacht. Er musste einen Augenblick überlegen wo er war. Nachdem er sich mühsam aufgesetzt hatte, in seinem Kopf schien ein ganzer Bienenschwarm zu toben, erkannte er das Wohnzimmer seines Ferienhauses. Sie hatten es vor Jahren gekauft, aber nach dem Tod seiner Frau hatte er es nie wieder betreten. Er stützte den Kopf in seine Hände. Was war passiert? Wie war er hierhingekommen? Das Haus lag unterhalb von Sylt, 175 km von seiner Stadtwohnung entfernt.

„Grüble nicht! Du musst einen klaren Kopf haben, wenn ich dir helfen soll!" Deutlich sah er seine Frau vor sich. Das erste Mal war es kein Schattenwesen, nein, sie war es wirklich.

Er stand auf und wollte sie umarmen, aber seine Hände griffen ins Leere. „Steffen, ich bin bei dir. Aber du weißt doch auch, dass ich nicht mehr als körperliches Wesen bei dir sein kann!"

Johann ließ seine Schultern hängen, drehte sich um und schlug seine Hände vors Gesicht. „Ich bin wahnsinnig geworden!" kam es aus ihm heraus. „Ich gehöre wirklich in diese Klinik!" so dachte er und versuchte, die nächsten Tage zu entspannen. Sein Wagen stand hinter dem kleinen Schuppen und er wunderte sich, ob er das alles nicht doch selber angestellt hatte. Warum denn sonst sollte er seinem Freund Willi an jenem Abend den Wohnungsschlüssel gegeben haben?

Das erste Mal seit drei Jahren war er also wieder in dem Ferienhaus, betrat mit nervöser Erwartung das kleine Zimmer in der oberen Etage und ging zum Schreibtisch seiner Frau.

Alles lag noch so da, als wäre sie gerade noch hiergewesen. Beim letzten Anruf, den sie mit ihm kurz vor ihrem Tod geführt hatte, so erinnerte er sich jetzt, hatte sie erwähnt, dass man nicht alles unter den Tisch kehren und nie wieder finden würde . . . was hatte sie damit gemeint? „Kannst du mir nicht helfen? Was hast du damit gemeint?" fragte er in den Raum, doch er erhielt keine Antwort von seiner unsichtbaren Begleiterin.

Da stand ihr Schreibtisch! Hatte sie etwas notiert? Ein Brief? Er durchwühlte alle Schriftstücke und fand nur belanglose Notizen, die ihm keinen Anhaltspunkt gaben.

Einzeln blätterte er in den Fotos und Papieren der kleinen Schublade, die er zu diesem Zweck herausgezogen und auf seinen Schoß gestellt hatte. Nachdem er damit keinen Erfolg gehabt hatte, wollte er die Schublade wieder zurück in die Öffnung schieben, doch irgendetwas klebte an seiner Hose. Unwillkürlich musste er lächeln und strich vorsichtig mit der flachen Hand darunter, denn er vermutete einen Holzsplitter oder einen kleinen Nagel. Erstaunt stellte er fest, dass es ein Klebeband war, mit dem etwas unter dem Brett befestigt war. Er drehte die Schublade um und kippte den Inhalt aus.

Vorsichtig löste er den Streifen, an dem ein kleiner Umschlag hing. Erstaunt öffnete er ihn und fand ein paar Zeilen, die seine Frau geschrieben hatte. Als er das Papier entfaltete, fiel eine Chipkarte herunter, die er sofort in seine Tasche steckte.

„Mein über alles geliebter Johann … wenn du diese Zeilen liest, werde ich höchst wahrscheinlich nicht mehr am Leben sein. Du kennst ja meine Neugier … Ich bin in der Firma durch Zufall hinter eine riesige Schweinerei gekommen und war so dumm, davon zu erzählen. Ich wollte dich nicht beunruhigen und mit da hineinziehen, aber seit einiger Zeit fühle ich mich beobachtet. Ich glaube zwar nicht, dass das zutrifft, vielleicht bin ich ja hysterisch, aber ich wage nicht, damit an die Öffentlichkeit zu gehen und habe die Akten auf diesem Stick gespeichert. Sieh zu, was du damit machst, aber sei vorsichtig! Das betrifft höchste Kreise, vielleicht sogar die Polizei …

ich liebe dich, deine Rita …"

Steffen konnte die letzten Zeilen nicht mehr lesen, denn seine Augen waren feucht geworden und er musste mehrfach mit dem Taschentuch seine Tränen wegwischen.

Erst jetzt wunderte er sich darüber, dass ihm seine Frau, dieses Schattenwesen schon seit Tagen nicht mehr begegnet war.

Als er sich einigermaßen gefangen hatte, entschloss er sich, zurück in seine Wohnung zu fahren, denn hier im Ferienhaus hatte er keine Möglichkeit, den Datenträger auszulesen.

Bevor er jedoch die Heimreise antrat, fuhr er in Husum von der Bundesstrasse 5 ab, um hier ausgiebig zu essen und … zum Frisör zu gehen. Er musste sein Äußeres verändern, damit er ungestört und endgültig dieser leidigen Sache auf den Grund gehen konnte. - Für sich, für Rita, für die Gerechtigkeit …

„Ich bin meine Haare satt!" sagte er dem jungen Mann, der bemüht um ihn herum tänzelte und entsetzt seine Hände in die Hüften stemmte. Er zupfte an den gelockten, langen Strähnen und schaute ihn noch einmal an: „Ist das wirklich Ihre Absicht? So schönes, dichtes Haar! Alles ab? Gla … Glatze?"

„So ist es! Eine neue Zeit ist angebrochen! Eine Umgestaltung muss her!" Der Figaro war immer noch nicht bereit, ihm zu helfen und versuchte es erneut: „Wir können einiges damit anstellen! Die müssen wirklich nicht ganz ab!"

Steffen stand auf, löste den Umhang und wollte gehen, denn sein Plan, sich zu verändern schien nicht gelingen zu wollen.

„Bitte! Ich hab es doch nur gut gemeint! Setzen Sie sich, bitte!" Johann nahm wieder Platz, während der Mann den schwarzen Umhang wieder ausbreitete und am Hals befestigte, flüsterte er: „Nicht wieder aufstehen! Mein Chef beobachtet uns schon!" Dann ergänzte er: „Ich will nicht neugierig sein, mein Herr … Liebeskummer?" Johann nickte und beließ es dabei. Dann schloss er die Augen, denn es tat ihm nun doch ein wenig weh, dass er sich von seiner stolzen Haarpracht trennte! Eine halbe Stunde später kaufte er eine Sonnenbrille und, mehr im Vorbeigehen eine Schirmmütze, denn so plötzlich ganz ohne Kopfbehaarung war es doch recht kalt. Dann stieg er ins Auto. … er hatte noch eine lange Fahrt vor sich.

In der Klinik

Nachdem Steffen spurlos verschwunden war, griff der Oberarzt sofort zum Hörer und rief Dr. hc Jacobsen an: „Ich weiß nicht, wie das passieren konnte, aber er ist nicht mehr im Gebäude!"
„Er war doch ans Bett fixiert oder nicht?"
„Ja! Ich sagte doch, es war keiner bei ihm im Zimmer und der Beamte saß die ganze Zeit auf dem Flur!"
Wütend legte der Konzernchef den Hörer auf und beendete das Gespräch mit der Klinik. Er überlegte keinen Augenblick, denn nun konnte ihm nur noch einer aus der Patsche helfen.
Ultima ratio … Sein Mann fürs Grobe! Er nahm den Hörer und tippe ein paar Zahlen in die Tastatur. „Bruderherz, du musst mir noch einmal helfen!" Er schilderte dem Staatsanwalt die entstandene Lage, die auch dessen illegalen Nebenverdienst ernsthaft gefährden könnte. „Ich verstehe! Mein Amt wird das übernehmen. Wir werden Steffens Wohnung überwachen!"
Damit war Jacobsen nur halb zufrieden. Das ließ er ihn aber nicht wissen, denn schließlich hatte er vor, die unleidige Angelegenheit ein für alle Mal endgültig abzuschließen. Dazu musste Johann Steffen zum Schweigen gebracht werden. Deshalb rief er beim Pförtner an, denn der wusste immer, wo sich der Ukrainer aufhielt: „Schicken Sie Boris zu mir!"
Er war nervös. Niemand sollte die lukrativen Geschäfte stören! Und nun wurden diese Dilettanten mit dem Wichtigtuer nicht mehr fertig? Zwei Jahre hatte nach dem Tod von dessen Frau alles gut geklappt! Niemand hätte noch in den alten Sachen gewühlt, wenn er nicht wieder so viel Staub aufgewirbelt hätte. Sie alle hatten geglaubt, dass man ihn mit den Antidepressiva unter Kontrolle gebracht hätte …
Sein Halbbruder Sebastian hatte damals als Staatsanwalt dafür gesorgt, dass dieser Buchhändler nicht alle Informationen über den Tod seiner Frau bekommen hatte, im Gegenteil es war ein

Einfaches gewesen, ihn unglaubwürdig erscheinen zu lassen. Ihn als depressiv und labil darzustellen. Das war die eine Baustelle, die wieder zu bereinigen war.

Mit der dummen Göre, die sich auf eine kleine Affäre mit ihm eingelassen hatte, war er schnell fertig geworden. Sie hatte durch Zufall ein paar hochbrisante Informationen gelesen und wer weiß schon, was sie damit angefangen hätte.

Er war sich sicher, früh genug gehandelt zu haben, bevor ein Schaden entstanden war. Boris hatte das schnell erledigt und dafür gesorgt, dass sie nichts von alledem verraten konnte.

Mit seiner Motorjacht war der skrupellose Helfer noch in der gleichen Nacht rausgefahren und hatte sie irgendwo über Bord geschmissen und im Meer entsorgt.

Das Wasser war kalt … wie die Seele seines Chefs, aber dafür zahlte er gut und bescherte ihm ein feudales Leben.

Er konnte solche Aufträge erledigen, ohne Hemmungen zu haben oder danach mehrere Nächte nicht schlafen zu können.

So ist das Leben! Im Dschungel, wie auch in den Weltmeeren geht es doch auch nur darum zu überleben!

Fressen oder gefressen werden! Punkt!

Sie war verschwunden, na und? Viele junge Dinger wollen etwas erleben und verbrennen sich die Finger … das ist nun mal leider so! Aber jetzt ging es um mehr!

Dieser dämliche, kleine Buchhändler könnte ihm tatsächlich immer noch gefährlich werden, deshalb musste er so handeln.

Es klopfte an der Tür und Boris trat ein, ohne dazu aufgefordert zu werden: „Da bin ich, Chef! Gibt es wieder was zu tun?"

Wieder in der Stadt

„Wir haben noch geschlossen!" Johann war sehr froh über diese Worte seines Freundes. War das doch der beste Beweis dafür, dass ihn auch Willi nicht sofort wiedererkannte.

„Dann hat es sich ja gelohnt!" sagte er, nahm die Kappe ab und ging an ihm vorbei. „Eine Tasse Kaffee, mit Milch und Zucker, Willi! Ja da staunst du, was? Ich bin es wirklich!"

„Donnerwetter! Man erkennt dich ja kaum wieder! Hast du abgenommen?" Johann tätschelte seinen Bauch: „Drei Kilo! Kann man das sehen?"

„Hab ich sofort gesehen und deine Haare, was ist passiert?" Willi stand an der Kaffeemaschine, die leise blubberte. Steffen schaute ihn ernst an: „Ich hab in ein Wespennest gestochen!"

„Wo warst du solange? Ich hab deine Post abgeholt und als ich erfuhr, dass du wieder in der Klinik bist, wollte ich dich besuchen, bin aber gegen eine Wand des Schweigens gelaufen. Keiner konnte mir sagen, in welchem Krankenhaus du bist! Und da man immer nur ausweichend geantwortet hatte, bin ich stutzig geworden und hab den Umschlag geöffnet, der bei dir im Briefkasten lag … Absender war dieser Kommissar, der tot aufgefunden wurde. Er muss wohl etwas geahnt haben, denn sonst hätte er dir diese brisanten Papiere mit Sicherheit nicht geschickt! Jetzt ist mir so einiges klar geworden. Ich werde dir helfen, denn du hattest wohl doch recht, mit allem!" Willi legte seine Hand auf Johanns Schulter. „Hast du die Schreiben auch schon gelesen? Deshalb bist du doch hier, oder?"

Steffen schüttelte den Kopf. „Ich war noch nicht zuhause, das ist eine lange Geschichte. Kannst du mir den Umschlag und ein paar Sachen aus meiner Wohnung holen und wenn es geht würde ich gerne ein paar Tage bei dir schlafen … warum, das erklär ich dir später!" Willi nickte, nahm den Autoschlüssel und ging zur Tür. Lass keinen rein, bis ich wieder da bin!"

Mittlerweile war es schon 21.30h und Willi war immer noch nicht zurück. Mehrere Gäste hatten vergeblich an der geschlossenen Kneipentür gerappelt, manche schauten verdutzt durch die Scheiben, konnten aber in dem dunklen Schankraum nichts erkennen. Willi müsste schon längst zurück sein! Johann hatte ihm doch genau erklärt, was er mitbringen sollte …

Er nahm den Schlüssel für die Eingangstür vom Haken, zog eine Jacke von Willi an, rückte seine Schirmmütze zurecht und ging zur Tür. Sein Wagen stand in einer Nebenstraße und bald darauf fuhr er den einsamen Kiesweg entlang, der an das Gartengrundstück seiner Eigentumswohnung grenzte.

Nachdem er den Wagen im Schatten eines Baumes geparkt hatte, schlenderte er an dem Wohnblock vorbei und wollte gerade auf die Straße treten, als er die kreisenden Blaulichter in einiger Entfernung sah. Zwei Einsatzwagen der Polizei und ein Krankenwagen standen vor dem Eingang seiner Wohnung.

„Sie suchen mich tatsächlich immer noch!" dachte er, wechselte die Straßenseite und schaute aus dem Blickwinkel zu der offenen Eingangstür. Drei Beamte unterhielten sich, schienen ihm aber keine Beachtung zu schenken. Dann sah er den Leichenwagen, der langsam an ihm vorbei fuhr. Die Polizisten gingen auf den Fahrer zu, der sofort den Motor abstellte und mit ihnen ins Haus ging. Johann wurde von einem kalten Schauer erfasst, der langsam über seinen Rücken fuhr und ihn erschaudern ließ. „Willi wird doch nicht …"

Er drehte sich um und wollte zurück zu seinem Wagen, als er ein leises Zischen vernahm. Es kam aus einem Kellereingang. Am unteren Ende der Treppe saß Willi und hielt die Hand vor den Bauch gepresst. „Hilf mir … bitte! Ich bin verletzt!"

Johann stieg die Stufen herab und half seinem Freund auf die Beine: „Kannst du gehen?" Willi nickte: „Geht so!" sagte er und stützte sich auf seinen Freund: „Wo steht dein Wagen?" „Hundert Meter von hier, hinter den Häusern. Schafft du das?"

Er bejahte und schleppte sich mit seinem Freund zum Kiesweg. Im Auto schaute Steffen den Wirt fragend an. Der klappte nur seine Jacke auseinander und zeigte einen blutverschmierten Umschlag. „Den wollten sie mir abnehmen, aber dann … " Johann startete den Wagen. „Das kannst du mir später erzählen, jetzt fahren wir zuerst ins Krankenhaus!" Willi protestierte sofort heftig: „Nein, bloß nicht! Wir fahren jetzt zu mir! Schussverletzungen müssen doch gemeldet werden! Wir rufen Heike an, meine Schwester. Die arbeitet im Krankenhaus, ihr alleine vertrau ich in dem Fall. " Dann fiel sein Kopf kraftlos zur Seite und Johann steuerte das Auto in die Innenstadt und anschließend parkte er den Wagen im Hof hinter der Kneipe. Nachdem er seinen verletzten Freund durch die Hintertür ins Haus gebracht hatte, flüsterte Willi: „5813427! Ruf sie an, sie soll sofort kommen! Nenn keinen Grund, vielleicht wird das Telefon schon abgehört!" Steffen legte seinen Freund auf das Sofa in der unteren Etage, denn er hätte den gewichtigen Wirt nicht ohnmächtig ins obere Schlafzimmer tragen können.

Heike stellte keine unnützen Fragen, legte sofort auf und war keine zehn Minuten später bei ihnen.

„Was ist passiert?" „Später, Heike, versorg ihn erst mal. Ich weiß nicht, wie schlimm es ist!" Sie zerschnitt mit einer Schere das blutverschmierte Hemd und tupfte das Blut ab. Dann atmete sie erleichtert auf. „Ein Streifschuss! Mein Gott, wo hat er sich das denn geholt? Wollte er wieder einen Streit in der Kneipe schlichten?" Johann schüttelte den Kopf: „Nein! Das galt mir!" sagte er, „da war ein Mann in meiner Wohnung, der ihn überfallen hat, als er mir Sachen holen wollte!" Heike schaute ihn an: „Habt ihr Geheimnisse?"

„Nein, es ist ganz anders! Erklär ich dir alles! Jetzt versorg ihn erst einmal. Ist es schlimm?"

„Iwo! Das ist zwar schmerzhaft, aber er wird es überleben! Hilf mir, wir müssen ihn nach oben in sein Bett bringen!"

In Willis Schlafzimmer

Nachdem seine Schwester ihn so gut es ging versorgt hatte, lag er so friedlich im Bett, als wäre nie etwas geschehen.

Der Streifschuss hatte zwar zu erheblichem Blutverlust geführt, aber nach einer Infusion, die sie notdürftig oberhalb am Bettgestell befestigt hatte, schlief er wie ein Baby.

Sie ließ die Tür weit offen stehen und deutete Johann an, ihm nach unten ins Wohnzimmer zu folgen.

„Was ist passiert?" fragte sie den langjährigen Bekannten ihres Bruders, nachdem sie ein Schild innen an die Kneipentür gehangen hatte: Wegen Krankheit vorübergehend geschlossen!

Johann erzählte ihr ungefähr, was geschehen war, ließ aber verständlicherweise einige Details weg.

Heike hörte aufmerksam zu, aber so dumm war sie auch nicht, dass sie die Ungereimtheiten nicht erkannte. Trotzdem beließ sie es dabei, denn sie wollte ihren Bruder nicht noch mehr in die Sache verwickelt sehen … wenn das überhaupt noch möglich war.

Auch Johann machte sich seine Gedanken. Er musste unbedingt mit Willi reden, denn wenn „sie" ihm den Umschlag wegnehmen wollten, dann müssen es mindestens zwei Männer gewesen sein. War einer tot, oder vielleicht zwei? Könnte man ihn erkannt haben?

Natürlich sprach Johann mit Heike darüber, nichts von der Verletzung ihres Bruders und den Ereignissen zu erzählen denn schließlich wussten sie noch nicht, was sich wirklich in der Wohnung abgespielt hatte.

Heike ließ ihm einige Medikamente da und verabschiedete sich, indem sie ihm ihre Handynummer gab. „Für den Notfall!" sagte sie. „Wird schon alles gut verlaufen. Wenn er aufwacht, soll er sich nicht übernehmen. Er wird sich super fühlen und nichts spüren … zunächst! Bis das verabreichte Morphin seine

Wirkung verliert. In der kleinen Pappschale sind noch vier Tabletten davon. Höchstens eine täglich! Nicht mehr und auch nicht länger. Ich will nicht, dass er davon abhängig wird!"

Johann nickte und verabschiedete Heike. „Pass auf dich auf!" sagte er mehr nebenbei, doch bei ihr kam das wohl falsch an: „Wie meinst du das? Steckt da doch noch mehr hinter? Bin ich jetzt auch in Gefahr?" „Nein!" Johann beeilte sich, seinen ungeschickten Satz zu verharmlosen: „Quatsch! Das hab ich bloß so dahingesagt. Von dir weiß doch keiner. Die glauben doch, dass ich in der Wohnung gewesen bin … wie sollten sie dann auf Willi kommen? Und schon gar nicht auf dich!"

Heike schien zufrieden und ging zur Hintertür.

Johann begleitete sie und wollte aufschließen, doch sie hob ihr Schlüsselbund und sagte: „Ich habe einen Zweitschlüssel, für alle Fälle. Kümmere dich um ihn. Wenn er aufwacht, schick mir eine SMS, damit ich mir keine Sorgen machen muss. Morgen Abend komm ich noch mal vorbei, kann aber spät werden. Ich hab bis 21.ooh Dienst."

Kurze Zeit später hörte er, wie sie den Wagen startete und vom Hof fuhr. Er ging vorsichtig noch einmal hoch, aber Willi lag immer noch ruhig auf dem Rücken.

Das starke Schmerzmittel tat seine Wirkung.

Steffen saß im Wohnzimmer und genehmigte sich einen großen Schluck Malt Whisky. „Was für ein Tag!" er strich verlegen über seine Glatze, als er endlich die Kappe ausgezogen hatte. Ein unwirkliches Gefühl, so ganz ohne Haare.

Er musste wohl eingeschlafen sein, denn es war stockdunkel, als er durch ein leises Geräusch geweckt wurde. Zuerst schaute er sich verdutzt um, denn es dauerte ein wenig, bis er wusste, wo er sich im Augenblick befand. Dann war er jedoch hellwach, denn das unregelmäßige Kratzen kam aus dem Flur. Er stand auf und schlich auf Strümpfen zur Tür, als eine kleine Katze hereinkam und ihm um die Beine strich.

„Hallo? Ist da wer?" Willi hatte sich im Bett aufgesetzt und schaute sich verwirrt um. Was war mit ihm geschehen?

Johann war derweil fest auf der Couch im Hinterzimmer eingeschlafen und fiel vor Schreck fast herunter: „Ja, ja!" rief er: „Willi, keine Angst! Du bist zuhause. Ich komme hoch!" Während Steffen die Treppe heraufging, schaute er auf seine Armbanduhr, es war 10 nach 15.ooh am Nachmittag. So lang hatte er schon lange nicht mehr durchgeschlafen.

Willi war dabei, sich von den Strippen der Infusion zu befreien. „Stopp!" rief Johann: „soweit bist du noch nicht! Du bist verletzt! Leg dich hin, ich werd dir die Kanüle rausnehmen, aber du musst dich noch schonen." Johann entfernte vorsichtig das Pflaster in der Armbeuge und zog die gut drei Zentimeter lange Plastikkanüle heraus. Dann nahm er ein Stück Mull, presste es auf die Einstichstelle und winkelte Willis Arm an. „Fest drücken, sonst bildet sich ein Bluterguss!" Der Wirt nickte: „Ist nicht das erste Mal, das man mir Blut abgenommen hat, aber wozu diesmal?" Johann setzte sich am Fußende auf das Bett und schaute ihn an: „Du erinnerst dich nicht?"

Willi legte seine Stirn in Falten und überlegte …

„Deine Wohnung?" Johann schüttelte den Kopf: „Nein! Du bist bei dir zuhause! Heike hat dich versorgt!"

„Das mein ich doch nicht! Ich war doch in deiner Wohnung, " er stockte und schien sich langsam wieder zu erinnern: „und dann waren da diese zwei Männer, die müssen schon vor mir in der Wohnung gewesen sein. Das ging so wahnsinnig schnell!"

„Ja, weiter!" forderte ihn Johann auf.

„Gleich, Johann, gleich! Zuerst muss ich zur Toilette und dann brauch ich einen Kaffee und ein paar Butterbrote. Ich komme um, vor Hunger!"

Im Büro der Kriminalpolizei

„Das war kein Einbruch!" Der ermittelnde Kripobeamte legte den ersten Bericht vor sich auf den Tisch.

„Keine Spuren von Gewaltanwendung, weder an der Tür, noch an den Fenstern. Man hat die Wohnung mit dem Schlüssel ganz normal aufgeschlossen. Es war auch kein Dummy, der hier benutzt worden war, denn der hätte Kratzer am Schloss hinterlassen. Wir müssen daraus schließen, dass der Besitzer persönlich hier anwesend war." Er blätterte in den Unterlagen und ergänzte: „Steffen, Johann Steffen. Er wohnt hier alleine und hat eine Buchhandlung ein paar Straßen weiter. Die ist aber schon seit einiger Zeit geschlossen."

„Chef, eine Frage … " aus der Gruppe von Beamten meldete sich sein junger Assistent zu Wort.

„Ja, Kröger, nur zu. Fragen Sie!"

„Dieser Steffen, ist das der gleiche, der vor dem Haus des pensionierten Oberkommissars die Streife alarmiert hatte?"

Kommissar Kanther wiegte unschlüssig seinen Kopf hin und her. „Stimmt! Das kann sein! Weiß ich im Augenblick nicht, klären Sie das!" Als Kröger aufstand um sich das Band noch einmal anzuhören, hielt ihn Kanther am Arm fest: „Breitner war doch tot aufgefunden worden! Vor dem Anruf oder nachher! Klären Sie das direkt auch mit!"

„Okay, Chef! Ist er tatverdächtig?"

„Das kann ich noch nicht sagen! Fakt ist, dass wir eine männliche Leiche aufgefunden haben, die entweder durch einen Sturz oder einen Schlag auf den Kopf tödlich verletzt wurde. Das Ergebnis werden wir frühestens Morgen von den Kollegen der Gerichtsmedizin bekommen. Aber man hat auch Blutspuren gefunden, die nicht vom Opfer stammen und zwei Patronenhülsen, sowie Einschusslöcher. Ich gehe davon aus, dass es eine Schießerei gegeben hat … seltsam ist nur, dass niemand in der Nachbarschaft etwas gehört hat! Wir haben eine Fahndung nach dem Wohnungsinhaber herausgegeben. Er wird aller Wahrscheinlichkeit nach verletzt sein und ärztliche Hilfe benötigen ... Kramer, fragen Sie bei den Krankenhäusern nach. Die sind zwar verpflichtet, Schussverletzungen zu melden, aber wer weiß, ob und wo sie das gemacht haben!"

Die kurze Besprechung wurde aufgelöst und als Kommissar Kanther im Flur am Kaffeeautomaten stand, kam seine Sachbearbeiterin zu ihm: „Trautner will dich sehen! Sofort!" „Der Staatsanwalt? Was will er?" Die Kollegin hob die Schultern. „Das wird er dir schon sagen! Beeil dich, der hat schon zwei Mal versucht, dich anzurufen, als ihr eure Besprechung hattet. Du kennst ihn ja!"

Kanther musste dem zustimmen. Ja, er kannte ihn und er war ihm mehr als unsympathisch, denn er vertrat seltsame Ansichten und es wäre nicht das erste Mal, dass er ihm in seine Ermittlungsarbeiten reinpfuschen würde.

Als Kommissar Kanther eine viertel Stunde später im Büro des Oberstaatsanwaltes saß, bestätigten sich seine schlimmsten Vermutungen. Er hatte sich in die Ermittlungen eingeschaltet und entzog Kanther den aktuellen Fall ohne Begründung mit sofortiger Wirkung. Als Kanther protestierte und mehrere Fakten anführte, bestritt Staatsanwalt Trautner sofort und vehement, dass es hier einen Zusammenhang mit dem, immer noch als Freitod bezeichneten Ableben des ehemaligen Kollegen geben könnte.

Dadurch wurde Kanther hellhörig und sein Bauchgefühl sagte ihm, dass er auf eine sehr faule Mine getreten war.

Offiziell musste er sofort die Ermittlungen einstellen, inoffiziell waren all seine Sinne geweckt. Es hatte den Anschein, dass der Schlüssel zur Lösung nur über den Buchländler gehen würde. Von seinem Assistenten bekam er den Tipp, sich in der Eckkneipe umzuhören, denn der Wirt war wohl mit Steffen befreundet und wusste zudem einiges, was im Revier passierte, da viele seiner Gäste Polizeibeamte waren.

Er befolgte den Rat und bat den Wirt um ein vertrauliches Gespräch, als dieser nach zwei Wochen endlich wieder geöffnet hatte. Diese Unterredung brachte einige Ungereimtheiten auf den Tisch, obwohl Willi verschwieg, dass er und nicht der gesuchte Steffen in der fraglichen Nacht in der Wohnung gewesen war. Nach einigen Tagen fasste Willi den Mut und offenbarte sich dem Kommissar, der sofort bereit war, im Hinterzimmer mit dem Gesuchten zu sprechen.

„Die Ermittlungen sind eingestellt! Somit wird nicht mehr nach Ihnen gesucht. Können Sie mir trotzdem sagen, worum es geht und was mir bisher entgangen ist?"

Nach dem Gespräch schlug Willi vor, den Buchhändler aus der Schusslinie zu nehmen, indem man das Gerücht streuen könnte, er sei tödlich verunglückt.

„Wenn man auf den Busch klopft, so wird sich etwas tun! Ich bin fest davon überzeugt, dass etwas vertuscht werden soll! Zuerst war ich mit Johann der festen Überzeugung, dass es eine Verschwörung innerhalb Ihrer Behörde wäre, aber Sie scheinen davon nichts zu wissen … also kommt nur noch der Staatsanwalt in Frage, der hier gegen uns arbeitet und versucht, etwas zu verheimlichen!"

Kanther hatte nichts zu verlieren und war damit einverstanden, dass Willi dieses Gerücht, der Buchhändler wäre tot, unter seinen Gästen verstreute.

„Was lässt Staatsanwalt Trautner denn noch alles einstellen?"
In der Kantine wurde der Kommissar ungewollt Zeuge eines
Telefonates, wo ein weiterer Kollege ungehalten sein Handy
anstarrte und danach wütend auflegte.

Scheinbar war das eine weitere Spur. Kanther setzte sich zu
ihm und brachte das Gespräch geschickt auf seinen letzten Fall,
den er nicht mehr weiter verfolgen durfte.

„Ja, genau wie bei mir! Wenn man den Brüdern zu nahe
kommt, dann werden wir eingebremst!" Kanther horchte auf:
„Brüdern? Welchen Brüdern?" Kommissar Klein legte sein
mobiles Telefon auf den Tisch, antwortete aber nicht darauf.
Kanther versuchte es noch einmal: „Bitte! Es ist sehr wichtig!"
Der frustrierte Kollege schaute ihn an: „Nicht jetzt und hier!"
sagte er und schaute sich um: „Die Wände haben Ohren!"
Kanther reagierte sofort: „Kennen Sie sich in der Stadt aus?"
Der Kollege nickte: „Wieso?" Kanther ergänzte: „Kommen Sie
heute Abend um 20.ooh in die Altstadtkneipe an der Ecke
Hauptstraße - Feldallee. „Beim Willi" heißt die. Da sind wir
ungestört und können uns können weiter unterhalten. Es wird
uns beide weiterbringen, schätze ich!"

„Das schätze ich nicht nur … das weiß ich! Ich werde da sein!"
Willi hatte dem Kommissar im hinteren Winkel einen Tisch
angeboten und als der erwartete Kollege sich fragend umsah,
deutete Willi mit dem Kopf in dessen Richtung.

Schnell kamen sie auf den Grund ihres Treffens und Kanther
erfuhr, dass die Wasserschutzpolizei eine weibliche Leiche aus
der Nordsee geborgen und in der Gerichtsmedizin hatte
obduzieren lassen. Dabei hatte man einen Mikrochip in der
Speiseröhre der Leiche gefunden und zur weiteren Klärung an
die Kollegen der IT gegeben. Als die ein paar Daten mühsam
entschlüsselt hatten, schaltete sich jetzt der Staatsanwalt ein
und beschlagnahmte alle Unterlagen, stellte gleichzeitig die
weiteren Ermittlungen ein.

Mittlerweile waren die beiden Beamten beim vertrauten „du" angekommen und Kanther, hellhörig geworden, stellte seinem Gegenüber eine weitere Frage: „Mario, aber die IT müsste doch wissen, worum es dabei ging, oder nicht?"

„Ja und? Willst du dich etwa über die Anordnungen des Staatsanwaltes stellen und nachfragen?" Kanther nickte heftig.

„Gut! Ich werde dich beim Straßendienst besuchen, wenn du wieder Parksünder jagen musst!" „Oh, nein!" entgegnete er kopfschüttelnd: „Soweit braucht es ja nicht zu kommen!"

Er grübelte und suchte nach dem Namen eines bekannten Kollegen aus der IT, der unbürokratisch eine Anfrage beantworten könnte. „Was ist? Woran denkst du?"

„Kennst du vielleicht einen Kollegen aus der digitalen Abteilung persönlich?" Mario wiegte den Kopf skeptisch hin und her: „Willst du allen Ernstes noch einen Kollegen mit da reinziehen? Wenn das schief geht! Schon mal daran gedacht?"

Kanther ließ das Argument nicht gelten: „Es geht um Morde! Und um Vertuschungen, Boykottierungen im Amt und was weiß ich noch alles! Da ist mir sch … egal, ob ich mir die Finger verbrenne oder nicht!"

„Hast ja Recht! Noch tiefer können wir kaum noch sinken!"

„Jan ähh … Kater, … ist der nicht mit dir verwandt?"

„Ich heiße Kanther! Nicht Kater. Nee, kenn ich beide nicht!"

Mario nahm sein mobiles Telefon aus der Tasche und öffnete seine Kontakte. Dann schob er den Zeigefinger mehrmals über die glatte Glasfläche des handlichen Computers nach oben, bis er gefunden hatte, was er suchte. Er tippte auf Anruf und hielt das Gerät abwartend an sein Ohr.

„Sag bloß du hast eine Telefonnummer von denen?"

„Pst!" antwortete er nur, stand auf und ging zum Fenster. Nach ein paar leisen Sätzen steckte er das kleine Gerät wieder in seine Tasche und kam lächelnd zurück zum Tisch.

„Wir haben Glück! Ich habe mit meiner Dienststelle gesprochen, denn ich erinnerte mich an einen Polizeischüler, der vor drei Jahren in die IT gewechselt hat. Volltreffer! Aber nachdem ich versucht habe, ihn zu erreichen, sagte man mir, dass er im Augenblick in einer Besprechung sei. Der ist doch tatsächlich mittlerweile Abteilungsleiter geworden. Er wird mich zurückrufen, sobald er Zeit hat!"

„Hoffentlich wird er uns die Informationen geben können, die wir brauchen!" Mario war sehr zuversichtlich und lächelte: „Ich hab noch was gut bei ihm und er muss ja nicht unbedingt alles darüber genau wissen. Ich stell mich dumm und frage einfach, ob er etwas über den Inhalt des Datenträgers weiß!"

Sie saßen noch eine ganze Stunde in der hinteren Ecke der Kneipe unterhielten sich und warteten auf den Rückruf, doch dieser Leiter der IT meldete sich nicht zurück.

Es war schon spät geworden und so verabschiedeten sie sich, wobei Mario versprach, sich sofort bei Kanther zu melden, sollte er die wichtigen Informationen erhalten.

Der Kriminalkommissar war mit dem Treffen sehr zufrieden, übernahm die Rechnung und wechselte noch ein paar Worte mit Willi, dem Wirt, bevor er sich ein Taxi bestellte und sich nach Hause bringen ließ.

„Marius, wir müssen uns sehen!" Der Staatsanwalt war am Telefon und bat seinen Stiefbruder um eine dringende Unterredung. „Worum geht's? Können wir das nicht am Wochenende besprechen? Ich kann jetzt hier nicht weg, denn der Transport kann jeden Augenblick im Lager ankommen und du weißt ja, warum ich persönlich ... "

„Nicht am Telefon! Genau darum geht es ja! Es ist etwas dazwischen gekommen. Sei spätestens um 19.ooh bei mir ... und sei pünktlich!"

„Du machst es aber spannend! Ich hoffe, dass es wirklich so wichtig ist!" Jacobsen legte verwundert den Hörer auf.

Was sollte denn so wichtig sein? Alles lief glatt und niemand konnte ihn aufhalten. Sein Bruder, Staatsanwalt Trautner profitierte nicht schlecht an den illegalen Geschäften und was war seine Aufgabe dafür? Er brauchte nur die Ermittlungen in die, sagen wir einmal, richtigen Bahnen zu lenken.

Das Hauptrisiko hatte er zu tragen. Boris erledigte die Drecksarbeit und wurde dafür üppig entlohnt. Es gab keine Zeugen mehr und die Unterlagen in seinem privaten Laptop waren gelöscht, keine Beweise, keine Zeugen!

Es konnte die Geschäfte nicht betreffen, da war er sich sicher. Vielleicht hatten sie endlich diesen kleinen Buchhändler in einer Ecke gefunden, der seiner Verletzung erlegen war. Später würde ihm sein Stiefbruder schon erklären, worum es ging!

Er musste sich um die Ladung kümmern. „Boris, bereit?" Der Ukrainer stand auf und nickte: „Probleme Chef?" Jacobsen schüttelte den Kopf. „Du kennst meine Devise, man kann alles regeln. Was soll es für Probleme geben. Mein übervorsichtiger Bruder scheint kalte Füße zu bekommen, warum auch immer. Er sollte besser Ruhe geben, sonst könnte es möglich sein, dass er sehr bald einen Unfall hat, meinst du nicht auch?"

„Chef, das könnte eine Nummer zu groß werden! Schließlich ist er ein Staatsbediensteter, da wäre ich vorsichtig!"

„Papperlapapp! Der stellt mir sowieso zu viele Fragen! Komm, gehen wir ins Lager, der Transport müsste da sein und wir sollten schnell die Ware umladen, bevor der Fahrer etwas davon merkt." Sie gingen zum Fahrstuhl und fuhren in die Tiefgarage. Von hier aus konnte sie keiner sehen, wenn sie auf der Rückseite wieder in den Hof gingen und das große Lager betraten. Zu dieser Zeit war kein Arbeiter mehr da, die Tore verschlossen und der verplombte LKW wartete nur darauf, am nächsten, frühen Morgen die Rückfahrt anzutreten. Mit seinem Transponder hatte Jacobsen Zutritt zu allen Räumen und bald standen sie hinter dem Truck, Boris holte den Gabelstapler, sprang herunter und zertrennte mit dem Bolzenschneider die Bleiplomben. Dann öffneten sie die hintere Tür der Ladefläche und Boris nahm seine Arbeit auf. Es war das erste Mal, dass er auf Anweisung seines Chefs speziell gekennzeichnete Kisten der Ladung ausräumte und mit dem Stapler in den schwarzen Sprinter umlud. Bisher hatte diese Arbeit ein anderer Fahrer gemacht, aber nachdem er dumme Fragen gestellt hatte, war er mit seinem Privatwagen tödlich verunglückt. Jacobsen hielt schon die neuen Plomben in der Hand, während Boris die Tür schloss, nachdem er die Ladung wieder gesichert hatte.

Die Aktion hatte zwanzig Minuten gedauert, als Boris mit dem kleinen Kastenwagen vor dem geschlossenen Tor wartete.

„Hast du die Papiere?" rief Jacobsen seinem Fahrer zu.

Der Ukrainer drehte die Seitenscheibe herunter und zeigte die Mappe, in der die Lieferscheine lagen. Sein Chef wiederholte noch einmal den Auftrag: „Fahr in einem durch, Boris. Unser Kontaktmann im Außenhafen heißt, wie immer Alfred Hansen. Du machst diese Tour ja zum ersten Mal. Er weiß Bescheid und wenn du da bist, ruf mich kurz an. Er wird an Pier 5 zu dir in den Wagen steigen!" „Okay, Chef! Bis übermorgen!" Während Jacobsen das Tor wieder schloss, reihte sich Boris mit dem Kleintransporter in den dichten Verkehr, Richtung Küste.

Jacobsen ging zurück in sein Büro, hob ein Gemälde von der Wand und öffnete den kleinen Wandtresor, der sich dahinter verbarg. Er nahm seine Pistole heraus, schob das gefüllte Magazin in den Griff und steckte die Kurzwaffe in seine Jackentasche. Es gab ihm jetzt ein beruhigendes Gefühl der Sicherheit, denn Sebastian hatte ihn mit dem Telefonat aufhorchen lassen. Gab es womöglich einen weiteren Zeugen? Eine Erpressung vielleicht? Sein Halbbruder würde es ihm schon mitteilen und zu verlieren hatten sie beide genug.

Es war 18.3oh, als er das Licht löschte und dem Nachtportier einen ruhigen Abend wünschte. Dann fuhr er auf direktem Weg nach Nordenham, wo Sebastian in einer feudalen Villa wohnte. Er hätte mit allem gerechnet, aber nicht damit, dass der große Staatsanwalt plötzlich schwach geworden war und, wie er es bezeichnete, aussteigen wollte.

„Spinnst du? Wir haben doch alles im Griff! Was soll denn jetzt noch schief gehen? Hast du schlecht geträumt?"

„Es ist so, man hat eine weibliche Wasserleiche aus der Nordsee gefischt … du weißt von wem ich spreche?"

Jacobsen tat erstaunt: „Ich? Woher soll ich das denn wissen? Wie kommst du da drauf? Bin ich Hellseher?"

„Hör mit den Spielchen auf! Ich meine es ernst! Man hat sie zwar nicht identifizieren können … noch nicht, aber man hat einen interessanten Datenträger in ihrem Körper gefunden!"

Jacobsen stand auf und ging in die Küche. Er tat teilnahmslos und benahm sich so, als wohnte er hier. „Auch einen Kaffee?"

„Du nimmst mich nicht für voll! Die ausgedruckten Daten aus dem Stick führen direkt in deinen Konzern! Absprachen, Termine, selbst die geflossenen Gelder. Kontenstände und Namen … wie konntest du nur so unvorsichtig sein! Sie ist hinter die Machenschaften gekommen und hat alles gespeichert. Es war deine Gespielin, wie hieß sie nochmal … Jasmin?" „Wo sind die Akten und der Datenträger denn jetzt?"

„Ich hab alles beschlagnahmt, aber das ist das letzte Mal, dass du auf mich zählen konntest. Ich will dein Geld nicht mehr!"

„Sebastian, denk noch mal darüber nach! Wenn du alles vernichtest, dann gibt es auch keine Beweise mehr. Wir lassen die Geschäfte ruhen, bis Gras über die Sache gewachsen ist und dann sehen wir weiter!" Jacobsen nahm die Tasse mit dem frisch gebrühten Kaffee aus dem Automaten und kam zurück ins Wohnzimmer. „Entspann dich endlich, Sebastian! Hast du die Sachen bei dir?" Als Antwort legte er die Ermittlungsakten und ein kleines Tütchen auf den Tisch.

„Nimm alles! Ich will nichts mehr damit zu tun haben!"

Jacobsen kontrollierte kurz den Inhalt der Schreiben und schaute sich dann die oxydierte, kleine Plastikkarte an.

„Und das stand da alles drauf? Dieses kleine Miststück! Sie muss es versteckt haben, als ich sie im Büro erwischt hatte!"

„Versteckt ist gut! Sie hat versucht, es herunter zu schlucken!"

„Boris hätte sie noch viel weiter raus fahren sollen."

Er steckte die Unterlagen in seine Jackentasche und setzte sich gemütlich auf die Couch. Während Sebastian nervös herumlief, machte er sich seine eigenen Gedanken. Würde er tatsächlich Ruhe geben? Wenn noch etwas Unvorhergesehenes passieren würde, ging dann das gleiche Drama wieder von vorne los? Schaurige Gedanken schlichen in sein Hirn! Sein Bruder war nicht mehr verlässlich. Wenn er Selbstmord machen würde, alles in einem Abschiedsbrief erklärte? Jacobsen musste handeln, schnell und berechnend! Boris war unterwegs. Er konnte ihm nicht helfen. Er tastete nach der Pistole, entsicherte sie, ließ sie aber in der Tasche als er von hinten auf ihn zuging.

„Er ist Linkshänder!" sagte er sich, setzte den Lauf an die linke Schläfe seines überraschten Halbbruders und drückte sofort ab. Sebastians Kopf flog durch die Druckwelle zur Seite, er drehte sich und es schien, als würde er ihn noch einmal erstaunt ansehen, bevor er krachend vornüber in den Glastisch fiel.

Seelenruhig ging Jacobsen in die Küche und spülte seine Tasse, bevor er sie zurück in den Schrank stellte. Dann säuberte er das Griffstück und den Lauf der Schusswaffe von seinen Fingerabdrücken, wickelte ein Taschentuch um seine Finger bevor er sie mehrfach in die linke Hand des Toten drückte. Dann ging er ins Arbeitszimmer seines Bruders, schaltete den Computer ein und öffnete das Schreibprogramm. Dann tippte er einen Abschiedsbrief, in dem er erklärte, dass man mit einer solchen Schuld nicht mehr leben könnte und es ihm seinem Bruder gegenüber sehr leid getan hätte, in seiner Firma solche illegalen Geschäfte gemacht zu haben.

Jacobsen war mit sich sehr zufrieden. Er ließ den Rechner an, kontrollierte noch einmal die beschlagnahmten Unterlagen, nahm seinen Mantel und verließ das Haus.

„Es sieht nach Schnee aus … " sagte er zu sich, als er den kalten Wind auf seiner Haut spürte.

Kurze Zeit später rollte der Wagen über den Kiesweg durch das offene Tor auf die Straße und ein paar Minuten später war er schon auf der Landstraße 212, die ihn zurück nach Bremerhaven bringen sollte. Es war gegen Mitternacht und es kamen ihm kaum Autos entgegen, als er das Radio einschaltete.

„Na, wie fühlen Sie sich jetzt?" Jacobsen verriss fast den Lenker, als ihm eine leise Stimme ins Ohr flüsterte. Mit einer Vollbremsung brachte er den Wagen sofort zum Stehen. Vorsichtig schaute er sich um, wer sollte sich da unbemerkt in den Wagen gesetzt haben? Er schaltete die Innenbeleuchtung ein und krempelte die Decken auf dem Rücksitz mehrfach um. „Was war das?" Seine Hände zitterten und kalter Schweiß perlte auf seiner Stirn. Mit lautem Hupen raste ein Auto vorbei und erinnerte ihn daran, dass er immer noch auf der Landstraße stand. Der Wagen war durch den abrupten Stopp abgewürgt worden und nach zweimaligem Anlassen lief der Motor wieder. „Beruhige dich!" flüsterte er, als er die Fahrt wieder aufnahm.

Kurz hinter der Abfahrt nach Stollhamm machte die Straße einen scharfen Rechtsknick und genau da stand sie, mitten in der Kurve! - Eine hell leuchtende Gestalt mit roten Augen.

„Das ist nun der dritte Mord, den Sie zu verantworten haben!" hörte er ihre Stimme, obwohl das Radio laut eingeschaltet war. Instinktiv wollte er ausweichen, verlor jedoch durch die hohe Geschwindigkeit dadurch die Gewalt über das Auto.

Er schleuderte unkontrolliert auf die Gegenfahrbahn und prallte mit voller Wucht gegen einen, dieser mächtigen Alleebäume. Er hatte weder bremsen, noch ausweichen können.

All das geschah im Bruchteil einer Sekunde.

Das Quietschen der Reifen und der ohrenbetäubende Aufprall waren so laut, dass ein paar Nachtvögel irritiert und flatternd ihre Schlafbäume verließen.

Obwohl der Airbag ausgelöst worden war, hatte sich die Lenksäule tief in seinen Brustkorb gebohrt. Seine Augen flackerten und Lichtblitze zuckten durch sein Hirn. Die Scheinwerfer strahlten unwirklich die Wipfel der Alleebäume an und dichter Rauch stieg aus dem Motorraum. Das leise Puffen, das anschließende Explodieren der Flammen, all das bekam er nicht mehr mit.

Seine letzten Gedanken drehten sich noch nicht einmal um seinen Halbbruder, den er nun wohl anscheinend vergebens aus dem Weg geräumt hatte … sein erstauntes Gesicht zeigte, dass er bis zuletzt darüber nachgrübelte, wer da mitten auf der Straße stand und wessen Stimme ihn so irritierte, dass er von der Fahrbahn abgekommen und gegen den Baum geprallt war. Dann stand auch schon den Wagen in Flammen und nach kurzer Zeit war die Hitze so stark, dass er auch unverletzt nicht mehr aus der Tür gekommen wäre.

Ein zufällig vorbeikommender Autofahrer konnte nur noch mit seinem Handy die Feuerwehr alarmieren, um ein Übergreifen der Flammen auf den bewaldeten Seitenstreifen zu verhindern.

Unterdessen war der Ukrainer im Hafen angekommen und wartete am Pier 5 auf den Kontaktmann.

Er konnte nicht ahnen, dass sich die Schlinge schon gefährlich um seinen Hals gelegt hatte, denn als der Sachbearbeiter der IT im Kriminalamt den hochbrisanten Datenträger rekonstruiert hatte, wurden die Ergebnisse dupliziert und die ausgewerteten Hinweise der illegalen Lieferwege, sowie das Nummernschild des Transporters sofort an die Hafenpolizei weitergeleitet.

Erst danach hatten sie den Stick mit einem Schreiben an die ermittelnden Beamten der Kripo weitergegeben. Die hatten allerdings keine Chance, die Unterlagen zu sichten, denn der Staatsanwalt beschlagnahmte sofort nach Kenntnisnahme alle Beweise. Dank der übersichtlichen Reaktion des Mitarbeiters der IT Gruppe leider zu spät, denn die Hafenpolizei war vorgewarnt und hatte den Kontaktmann Alfred Hansen sofort wegen dringendem Tatverdacht vorläufig festgenommen.

An seiner Stelle wartete Jan Deusen, ein Kripobeamter auf die angekündigte Lieferung, um den Fahrer auf frischer Tat zu überführen und den illegalen Transfer zu unterbinden. Mit Mikrophon und GPS–Sender ausgestattet, beobachtete er den Kleintransporter schon eine ganze Weile, bevor er sich der Beifahrertür näherte. „Hansen!" sagte er knapp, als er die Tür geöffnet hatte und den Fahrer fragend ansah: „Und Sie sind Naumann?" Dem Beamten war der Name des früheren Fahrers genannt worden. Der Ukrainer hielt ihm die rechte Hand hin: „Sorry, aber Jens ist leider verhindert. Jens Naumann meine ich. Er sollte normalerweise hier sein, aber er ist kurzfristig sehr krank geworden. Der Beamte bekam auf seinen Knopf im Ohr sofort das entsprechende „O.K."

„Fahren Sie bis zum Ende des Piers. Da wartet unser Container, damit die Ware umgeladen werden kann." Boris nickte und fuhr los, während sein neuer Beifahrer über sein kleines Mikrophon vom plötzlichen Tod Hansens informiert wurde.

Er war nun noch mehr angespannt, denn die Sache durfte nicht mehr aus dem Ruder laufen.

„Hier ist es! Kommen Sie, wir steigen hier aus!" sagte er und öffnete die Beifahrertür. Als auch der bis dahin völlig ahnungslose Boris aussteigen wollte, wurde er sofort von drei Beamten überwältigt und in die Halle gebracht.

Weitere Beamte kümmerten sich um die brisante Ladung, während dem Ukrainer erste Fragen gestellt wurden.

Er tat natürlich ahnungslos und wollte angeblich von nichts gewusst haben, bis ein Arbeiter zu ihnen kam und bestätigte, dass die Aktion positiv verlaufen war.

„Wir gehen davon aus, dass Ihr Auftraggeber eine Bestätigung von Ihnen haben will, dass Sie angekommen sind, richtig?"

Boris schwieg beharrlich. Wenn er sich nach einer bestimmten Zeit nicht melden würde, so wäre zumindest sein Chef gewarnt und könnte Maßnahmen ergreifen.

Er konnte nicht ahnen, dass Jacobsen zu diesem Zeitpunkt schon vor zwei Stunden in seinem Wagen verbrannt war.

„Von mir erfahren Sie nichts, denn ich habe nur den Auftrag ausgeführt, eine Lieferung an Herrn Hansen im Hafen zu übergeben. Was werfen Sie mir denn vor?"

Jetzt schwiegen auch die Beamten. „Abführen!" sagte der angebliche Kontaktmann: „Wir haben 24 Stunden Zeit dazu, Ihnen den Grund für Ihre vorläufige Festnahme zu begründen!"

Während der gesamte Polizeiapparat auf Hochtouren lief, vergingen keine acht Stunden, um das wahre Ausmaß dieser Aktion zu kennen. Als man Boris die Anklageschrift vorlegte, lächelte er nur, denn er war sich sehr sicher, dass man ihm nichts nachweisen könnte. Schließlich hatte sein Chef den brisanten Datenträger persönlich vor den Ermittlungsbehörden retten können, so dachte und hoffte er auch noch, als er auf richterlichen Beschluss ins Gefängnis überstellt wurde.

Welch ein fataler Trugschluss …

Er wurde erkennungsdienstlich behandelt und seine DNA, sowie die abgenommenen Fingerabdrücke in die Kartei eingelesen. Man wartete auf einen entsprechenden Treffer, wie man so zu sagen pflegte. Und der kam schneller, als erwartet.

Im Vernehmungszimmer wartete Boris und schaute gelangweilt auf die dunkle Glasfront, hinter der er die beobachtenden Beamten vermutete. Es war zwölf Stunden her, seit seiner vorläufigen Festnahme und er wusste nur zu gut, dass den Polizisten nicht mehr viel Zeit blieb, ihn ohne Anklage noch länger festhalten zu können. Aber er hätte niemals damit rechnen können, dass mittlerweile Kommissar Kanther und sein Assistent Kröger hierher bestellt worden waren und mit den letzten Details vom Kollegen Deusen versorgt wurden.
„Er scheint sich ja sehr sicher zu fühlen!" meinte dieser, als ihm Kanther die Ermittlungsakte vorlegte.
„Donnerwetter!" entfuhr es Deusen, „dann geht es um Mord?"
Kanther klappte die Mappe zu: „So ist es! Haben wir auch erst vor ein paar Stunden erfahren, denn die gefundenen DNA Spuren an Tatort von Breitners Wohnzimmer brachten eine überraschende Übereinstimmung. Fingerabdrücke haben wir keine sicherstellen können, aber Speichelreste auf dem Kissen, mit dem der Oberkommissar a.D. erstickt worden war, können eindeutig dem von euch Festgenommenen zugeordnet werden. Danke, nochmal für die schnelle Übermittlung der erkennungsdienstlichen Daten!" Er wandte sich an seinen Assistenten: „Kröger, Sie bleiben mit einem Beamten hier und zeichnen alles auf. Ich werde mit dem Kollegen Deusen jetzt hineingehen und ihn verhören. Da er noch nicht wissen kann, dass sowohl der Staatsanwalt, wie auch sein Halbbruder Jacobsen, sagen wir einmal vorsichtig - verstorben – sind, werden wir ihn mit unseren Ermittlungen und Erkenntnissen Stückchen für Stückchen konfrontieren. Mal sehen, ob er

danach auch noch so zuversichtlich ist! Können wir?" Deusen nickte und verließ mit Kanther den abgedunkelten Raum.

Als die beiden Beamten eintraten und das Mikro einschalteten, schaute Boris demonstrativ auf seine Armbanduhr und lächelte: „Noch genau drei Stunden, meine Herren! Dann müssen Sie mich gehen lassen! Haben Sie meinen Chef erreichen können, damit er mir einen Anwalt hierherschickt? Natürlich nicht! Denn der wäre schon lange eingetroffen. Also, es geht auch ohne, denn ich habe nichts zu verbergen! Fangen Sie an, was wollen Sie wissen?"

Deusen und Kanther waren sich darüber einig, den nicht einzuschätzenden Mann erst einmal nervös zu machen und damit zu eigenen Fehlern zu zwingen.

Deusen klopfte auf das Mikro und nannte Datum und Uhrzeit der Vernehmung, sowie die Beamten, die anwesend waren.

„Nun zu Ihnen! Wie ist Ihr Name und wo wohnen Sie?"

Der Ukrainer verschränkte seine Arme vor der Brust und lallte gelangweilt: „Boris Dimitri, 38 Jahre wohnhaft in Esenshamm, Bremerhaven Süd … noch was?"

Kanther verzog keine Miene. Er ließ sich nicht provozieren und blätterte in seiner Mappe. „Kennen Sie Dr. Marius Jacobsen?"

„Das werden Sie doch schon wissen, dass er mein Boss ist!"

Der Beamte nickte: „ … und was ist mit Sebastian Trautner? Kennen Sie den auch?" Boris bejahte: „Na klar! Ist doch der Bruder von meinem Chef!"

„Richtig! Und Staatsanwalt ist er auch! Aber …" er machte eine längere Pause, damit Boris hellhörig werden würde und seine Neugier war tatsächlich geweckt. „Ja und weiter? Was wollten Sie sagen? Aber was?"

„Ach, nur so! Trautner wurde in seinem Haus erschossen! Kein Einbruch, er muss den Täter gekannt haben!" Boris stockte zum ersten Mal. Dann schüttelte er den Kopf: „Nee, das können Sie mir nicht anlasten! Da war ich schon unterwegs!!"

„Ach, Sie wissen, wann er ermordet wurde? Woher?"

„Das ist plump! Wenn ich doch seit zwei Tagen hier bin, wie kann ich denn dann dafür verantwortlich gemacht werden?"

„Aber Sie waren nicht darüber erschrocken, oder irre ich mich etwa?" Boris suchte nach einer Erklärung, denn er spürte, dass die Beamten mehr wussten, als sie im Augenblick sagten.

„Ein Staatsanwalt fordert Strafen! Folglich wird er sich auch Feinde machen, schätze ich zumindest … "

Kanther war mit dieser Antwort nicht zufrieden, wollte aber im Augenblick nicht weiter darauf herumreiten.

„Und wie sieht es mit dem Herrn Dr. hc Jacobsen aus? Warum fuhr der ohne Fremdeinwirkung vor einen Baum?"

Diese Frage zeigte endlich Wirkung. „Ist er verletzt?" fragte er vorsichtig und Kanther legte ihm die Fotos von dem völlig ausgebrannten Wagen hin. „Glauben Sie, dass man da noch lebend rauskommen könnte?"

„Wie … warum? Das soll alles gestern passiert sein? Sind also beide tot? Beide Brüder meine ich?"

Kanther nickte und legte die Fotos zurück in seine Mappe.

„So, und nun zu Ihnen! Kennen Sie Breitner? Oberkommissar im Ruhestand, Mordkommission. War mein Vorgänger. Kennen Sie den? Beruflich? Privat?" Boris zuckte fast unmerklich mit dem linken Auge, was dem Beamten nicht entgangen war.

„Na, was ist? Das ist doch eine ganz einfache Frage!"

Der Ukrainer rieb seine Hände aneinander, so als wäre er dabei, sich zu waschen. „Wie heißt der?" Er wollte mit Sicherheit Zeit gewinnen und sich als Unschuldslamm darstellen, aber es gelang ihm nicht mehr. Seine Fassade bröckelte bereits, obwohl die richtigen Fragen noch kommen sollten.

„Breitner … " antwortete Kanther. Boris schüttelte den Kopf: „Nie gehört! Kenn ich nicht!"

„Seltsam … " murmelte er und schaute Deusen an.

„Verstehen Sie, wieso wir seine Spuren am Tatort fanden?"

„Das kann nicht sein! Ich war noch nie in der Prager Straße!"
Jetzt leuchteten die Gesichter der beiden Beamten. So einfach
hatte es ihnen beim Verhör selten ein Verdächtiger gemacht.
„Wissen Sie, was Sie da eben gesagt haben? Woher kennen Sie
denn die Adresse des Opfers?" Kleine Schweißperlen bildeten
sich auf seiner Stirn. „Aber das stand doch in der Zeitung!"
Kanther verneinte. „Es wurde in der Anzeige keine Straße
genannt! Herr Dimitri, Sie sollten uns die Wahrheit zu sagen!"
„Ich war das nicht! Warum sollte ich den Mann denn erstickt
haben? Ich kenne den doch gar nicht!"
Kanther schlug seine Mappe auf und konfrontierte Boris mit
den Erkenntnissen und Fakten, die sie in mühseliger
Kleinarbeit zusammengetragen hatten.
Er legte ein Foto nach dem anderen auf den Tisch und erklärte
dabei, worum es sich handelte.
„Schwarze Honda, Ihr Fahrzeug! Das raste unmittelbar nach
der Tat mit hoher Geschwindigkeit aus der Einfahrt …
Ihr Schutzhelm! Ihre DNA haben wir darin sichergestellt. Sie
stimmt mit den Werten, die wir auf dem Kissen gefunden
haben, überein … soll ich weitermachen?"
Nach einer Viertelstunde gestand Boris Dimitri, auf Anordnung
seines Chefs diese Tat gemacht zu haben. Er verstrickte sich
jedoch ohne eine weitere Frage selber in Widersprüche, als er
vehement bestritt, die junge Frau in der Nordsee entsorgt zu
haben. Auch mit der Sekretärin, die drei Jahre zuvor einen
Unfall gehabt hatte, wollte er natürlich nichts zu tun haben.
Die Fingerabdrücke, die man in dem Wagen von Rita Steffens
gefunden hatte, waren eindeutig auch dem Verhafteten
zuzuschreiben.
Boris Dimitri war der einzige, den man in dieser Sache vor
Gericht bringen konnte, denn Jacobsen, der Haupttäter war aus
bisher ungeklärten Umständen tödlich verunglückt, nachdem er
nachweislich seinen Halbbruder erschossen hatte.

Finale

Die Ereignisse der vergangenen Wochen waren nicht spurlos an ihm vorbei gegangen. Jetzt, wo Johann wieder Vertrauen in die hiesige, neu zusammengesetzte Mordkommission gefasst hatte, vertraute er sich auch endlich seiner Hausärztin an.

„Sie hatte mich überhaupt erst darauf gebracht! Aufgefordert hatte sie mich, die Sache nicht auf sich beruhen zu lassen, den Aussagen nicht zu glauben und selber noch einmal tätig zu werden. Sie hat mich auf die Spur gebracht … meine Frau!" Er machte eine kurze Pause, um eine erklärende, vielleicht sogar abwertende Reaktion von der Medizinerin darauf zu bekommen, doch sie schaute ihn interessiert weiter an.

Sie schien nicht im Geringsten darüber erstaunt zu sein, dass er vermeintlich mit seiner, schon lange verstorbenen Frau selbstverständlich und intensiv kommuniziert hatte.

„Wir Mediziner kennen tatsächlich solche unerklärlichen Phänomene. Vielleicht kamen die Gedanken aus Ihrem Unterbewusstsein, oder es waren unverarbeitete Sehnsüchte … Wunschträume … wer kann das wissen. Fakt ist doch, dass Sie der festen Meinung sind, diese Dinge ganz real erlebt zu haben. Ihre verstorbene Frau und Sie waren Seelenverwandte, die sich im Leben ohne viel zu sagen auch so verstanden haben. Sie beide haben in die gleiche Richtung gedacht. Vielleicht ist damit zu erklären, dass Sie sich noch einmal so intensiv damit befasst hatten. Eins ist doch klar, Sie haben ein sehr sensibles Gemüht. Jetzt, da sich diese Ereignisse so erklärend dargestellt haben, konnten Sie doch endlich mit Ihrer Vergangenheit abschließen … ganz ohne Medikamente, das ist doch schon für sich alleine ein riesiger Erfolg! Lassen Sie es einfach auf sich beruhen und denken Sie nicht weiter darüber nach."

Sie legte den Kopf etwas schief und schaute ihn aufmunternd an. Das Gefühl, das Richtige getan zu haben bestärkte ihn.

So hatte Johann die erlebten, vergangenen Wochen noch gar nicht betrachtet. Waren womöglich seine Begegnungen nur in seiner Fantasie passiert? Wie war er dann aber aus der Klinik gekommen, wenn nicht mit ihrer Hilfe? Und woher bekam er die genauen, detaillierten Daten, die ihm nie gezeigt wurden? Die Ärztin bemerkte seine Unsicherheit. „Wir müssen manche Sachen einfach so hinnehmen, wie sie sind. Grübeln Sie nicht weiter darüber nach, denn Sie werden keine Lösung finden!" Johann bedankte sich bei ihr und ging zufrieden nach Hause. Der Fall war gelöst und er war innerlich endlich zur Ruhe gekommen. In der kommenden Nacht träumte er ein letztes Mal intensiv von Rita, die ihm dabei genau erklärte, warum sie mit ihm Kontakt aufgenommen hatte und dass sie stolz auf ihn sein könnte, da sie ihre ewige Ruhe dank ihm gefunden hatte. Am Morgen stand er gut erholt auf und ging ins Bad.

Um sich zu beruhigen, sagte er beschwörend zu sich selbst: „Nicht darüber nachdenken, Johann! Das war alles nur ein Traum, mein Unterbewusstsein hat sich noch einmal gemeldet! Es war nur ein Traum!"

Aber war es das wirklich?

Am nächsten Tag besuchte er noch einmal seinen Freund, den Wirt. Er wollte versuchen, wieder sein normales, früheres Leben aufzunehmen, denn jetzt, wo alles erledigt war und Rita ihren Seelenfrieden gefunden hatte, würde alles wieder gut werden. Willi nahm sich Zeit für ihn und sie plauderten aus der Schulzeit, den gemeinsamen Streichen und der Abend verlief ruhig und ausgeglichen, bis Johann plötzlich von einer inneren Unruhe befallen wurde. Er hätte nicht sagen können, was mit ihm los war … zuviel Alkohol? Der starke Espresso danach?

„Komm nach draußen … ich muss dir noch etwas sagen … "

Wie in Trance stand er auf und folgte der inneren Stimme.

Willi sprach ihn an, doch er reagierte nicht auf ihn und ging an ihm vorbei nach draußen. Der Wirt lief hinter ihm her …

Da stand Johann alleine am Straßenrand und schien heftig zu gestikulieren. Willi rief nach ihm, doch er nahm ihn nicht wahr, denn er drehte sich noch nicht einmal zu ihm um.

„Johann …?" Langsam kam Willi die Straße herunter und ging auf seinen Freund zu. Als er direkt hinter ihm stand, bemerkte er dessen Erregung. Johann nickte, hob seine Hände und es schien, als würde er sich mit einem Taubstummen unterhalten. Vorsichtig legte er seine Hand auf dessen Schulter und sprach ihn an: „Johann, Mensch Junge! Was machst du hier?"

Erschrocken zuckte er zusammen und drehte sich endlich zu seinem Freund um. Er legte den Zeigefinger auf seine Lippen: „Rita …" flüsterte er. „Da ist sie wieder … endlich!"

Willi rieb sich die Augen. Die Straße war leer. Es war niemand zu sehen, keine Katze, kein Hund und schon gar kein Mensch.

„Johann, du träumst! Werd wach! Da ist keiner!"

„Willi!" entfuhr es dem Tagträumer: „du willst mir doch nicht weißmachen, dass du sie nicht auch siehst! Da steht sie doch!"

Der Wirt, der manchem Betrunkenen schon die weißen Mäuse ausgeredet hatte, schüttelte energisch den Kopf.

„Ich sehe nur den Dunst, der aus dem Gully steigt. Hier ist niemand. Komm zurück, ich mach dir einen starken Kaffee!"

Johann war irritiert, denn nun kommunizierte das Geisterwesen nicht mehr mit ihm. Er kam sich lächerlich vor, so als wäre er bei einer Dummheit ertappt worden und doch war er sich sicher, mit seiner Frau gesprochen zu haben. Er schüttelte den Kopf und ließ sich von Willi zurück in die Kneipe bringen.

„Ich verstehe das nicht …" murmelte er immer wieder. „Sag bloß nichts davon, denn wenn ich das alles nur alleine sehe, scheint es wirklich so, als würde ich spinnen".

„Nimmst du wieder Medikamente, wie damals? Vielleicht hat man dir in der Klinik Halluzinogene verabreicht, die dir immer noch Phantasiebilder vorgaukeln! Entspann dich, du wirst im Gästezimmer schlafen und morgen sehen wir weiter!"

Johann ließ sich führen, wie ein kleines Kind ... er zweifelte an seinem Verstand aber die Zeit heilt alle Wunden, sagt man.

Und so war es auch bei ihm, denn es war an jenem Abend das letzte Mal gewesen, dass ihm seine ermordete Frau erschien.

Weder im Traum, noch als Geisterwesen am Tage hatte er jemals wieder einen weiteren Kontakt mit ihr.

Sie blieb in seiner Erinnerung, als eine liebende Ehefrau und Freundin, die ihm letztendlich mit ihrem letzten, geisterhaften Erscheinen geholfen hatte, mit dem schweren Schicksalsschlag fertig zu werden, weitere Morde aufzuklären und mit den depressiven Gedanken abzuschließen.

Nachsatz

Bei manchen Morden ist es sehr schwierig, nach einem Motiv oder einem Auslöser für solche Taten zu suchen, wenn man die näheren Umstände nicht zu ermitteln vermag.
(Vorausgesetzt ist natürlich, das man überhaupt in der heutigen Zeit einen Todesfall als „fremdverschuldet" diagnostizierte!!) Ich war erschüttert, als ein renommierter Gerichtsmediziner letztens im Fernsehen seine Prognose abgab, dass auf jeden „normal" verstorbenen Menschen ein unentdeckter Mordfall kommen könnte! Die Dunkelziffer ist deshalb so hoch, weil auch viele Hausärzte zu schnell eine natürliche Todesursache bescheinigen. Eine Obduktion wird aus Kostengründen in den seltensten Fällen angeordnet, wodurch schon alleine ein großes Risiko besteht, denn viele Morde werden im Nachhinein als Unglück geschickt verfälscht dargestellt oder viel zu schnell von Polizisten, wie auch Medizinern als solche nicht anerkannt. Aber gehen wir von den Fällen aus, die man wirklich als „Todesfall durch Fremdeinwirkung" erkannt hatte. Wenn sich herausstellt, dass es sich um eine Beziehungstat handelte, wird man schnell die entsprechenden Verbindungen herausfinden und rekonstruieren können. Sollte es sich jedoch um einen Triebtäter handeln, der nach Bedarf und Lust seine Taten kurzfristig und aus der augenblicklichen Situation heraus begangen hat, wird nicht so leicht erkennbar, welche Merkmale als Auslöser dazu führten, dass der Täter genau in diesem Augenblick so handelt hat.
(In seinen Augen mit verschiedenen Rechtfertigungen, nicht dagegen angekommen zu sein, durch seine Sucht dazu gezwungen werden, oder eine schlechte Kindheit, seinen Vater gehasst zu haben, von der Gesellschaft nicht genug respektiert worden zu sein, oder, oder, oder! Es kommt auf das Gespräch mit dem Rechtsanwalt an, schätze ich!?!)

Von Mal zu Mal werden in diesen Fällen die darauffolgenden Taten immer dreister und brutaler, denn, so makaber es auch klingen mag, der Täter lernt mit jedem Verbrechen und jedem gescheiterten Versuch dazu. Er wird nicht aufhören und schließlich sogar erleichtert sein, wenn er endlich überführt wurde und „sein schreckliches Tun" ein Ende hat.

Profiler versuchen deshalb, sich möglichst schnell ein Bild vom Täter zu machen, seine Taten nachzuvollziehen, um daraus die polizeilichen Schlüsse und Erkenntnisse zu erhalten, die dazu führen, den Kreis der Verdächtigen einzuengen, bestenfalls eine Täterbeschreibung zu erstellen.

Es gibt Menschen, die völlig unauffällig und (scheinbar) auch bieder und harmlos unter uns leben, mit uns feiern, arbeiten . . . aber in ihrem Innersten eine schwarze Seele beherbergen.

Von Süchten geplagt, von unsichtbarem Drang getrieben, von inneren Stimmen verwirrt, um dann bei zu großem Leidensdruck, einem Vulkan gleich, explodieren und ihrem Verlagen nachgeben, bevor sie sich wieder zurückziehen und ihr bürgerliches Leben fortsetzen.

(Wie ein Wolf im Schafspelz!)

Wer erkennt im Vorfeld denn schon, was der eine oder andere wirklich vorhat? Welche Gründe und Süchte in ihm schlummern? Gibt es Möglichkeiten, solche Menschen vorher zu durchschauen? Sie im günstigsten Fall sogar von ihrem Vorhaben abbringen? Kleinste Wesensveränderungen können natürlich erkannt werden, aber nur von vertrauten Personen, die sich untereinander sehr gut und schon lange kennen. Was aber, wenn solche Menschen alleine leben, sich aus diesen bekannten Gründen zurückziehen? Sie nehmen bewusst am Leben teil, verabschieden sich aber schnell, wenn sie bemerken, dass sie sich verraten könnten. Einen solchen Fall haben wir hier vor uns!

Roman Schmidt

Autor Roman Schmidt:
(auch als E-Book erhältlich)

Die weisse Traumkatze 1. + 2. Teil
ISBN 9783 73473 5301
Die weisse Traumkatze Band 2
ISBN 9783 84480 5970
Roman`s Mittelalter Band 1
ISBN 9783 84480 6144
Roman`s Mittelalter Band 2
ISBN 9783 84480 6205
ZWÖLF MAL ROMAN ... plus X
ISBN 9783 84480 5499
Ron`s Krimis 1 + 2
ISBN 9783 84480 5826
Geheimnisvolles Familienerbe
ISBN 9783 73473 8104
Secreto... Ein mittelalterliches Geheimnis
ISBN 9783 74483 4940

Der 1947 geborene Autor Roman Schmidt hat bisher die oben aufgeführten Mittelaltergeschichten und Krimis veröffentlicht. Die unten aufgeführten Romane schrieb er unter seinem Pseudonym **Ron Mc Gobha.**

Morde sind nicht einfach
ISBN 9783 84480 6335

Die toten Erben von Glenavon Castle
ISBN 9783 74489 3503

Bezugsquellen:
Direkt beim Verlag: B.o.D. Books on Demand Norderstedt
oder alle bekannten Buchhandlungen sowie im Internethandel

Herstellung und Verlag: BoD – Books on Demand, Norderstedt

Bibliografische Information der Deutschen Nationalbibliothek

Die Deutsche Nationalbibliothek verzeichnet diese Publikation in der
Deutschen Nationalbibliografie; detaillierte bibliografische Daten sind
im Internet über http://dnb.d-nb.de abrufbar.

ISBN: 978-3-7481-8978-7